KB054443

지금, 여기서 행복하기

지금, 여기서 행복하기

초판 1쇄 인쇄 2023년 5월 15일
초판 1쇄 발행 2023년 5월 19일

지은이 | 조연경
펴낸이 | 임종관
펴낸곳 | 미래북
편　집 | 정윤아
본문 디자인 | 디자인 [연:우]
등록 | 제 302-2003-000026호
주소 | 경기도 고양시 덕양구 삼원로73 고양원흥 한일 윈스타 1405호
전화 031)964-1227(대) | 팩스 031)964-1228
이메일 miraebook@hotmail.com

ISBN 979-11-92073-30-9 (03800)

지금, 여기서 행복하기

조연경 지음

MIRAE BOOK

프롤로그

행복은

꽃향기처럼 사르르 쏟아지는 아침 햇살
아메리카노와 티라미수 한 조각
재래시장 한구석에 쌓여 있는 배추 다발
꿈을 키워 나가는 작은 서재
피곤에 지친 퇴근길 문득 걸음을 멈추고 올려다본 밤하늘

어디에도 있다.
그런데 왜 저 멀리 있다고 생각하는 걸까?
어디에도 있는 행복을 발견하는 방법을 안다면
매일매일 행복할 수 있다.
이 책은 그 방법을 가장 친절하게 안내한다.

목
차

Chapter 1
행복은 의외로 쉽고 단순하다
: 행복한 사람들의 사소한 습관

Chapter 2

행복한 사람이 행복한 사람을 만든다

: 행복은 사람을 통해서 온다

Chapter 3

행복과 사랑은 단짝이다

: 행복은 사랑이 있는 곳에 찾아온다

Chapter 4

행복은 적금이 아니라 신용카드다

: 바로 지금이 행복해야 할 시간이다

Chapter 5

행복의 기준과 부자의 기준은 다르다

: 비울수록 더 많이 채워지는 이상한 공식

CHAPTER 01

행복은 의외로 쉽고 단순하다

행복한 사람들의 사소한 습관

01

HAPPY HERE NOW

바그다드 카페

영화 〈바그다드 카페〉에는 황량한 사막 한가운데 자리 잡은 초라한 카페가 나온다. 여행 중 남편과 싸우고 혼자 떨어져 나온 여주인공 '야스민'은 우연히 황량한 사막에 세워진 카페를 발견한다. 야스민은 그 카페에서 잠시 머무르기로 한다. 카페의 여주인 '브렌다'는 생활력이 강하지만 무능한 남편과 말썽만 피우는 아이들 때문에 조금도 행복하지 않은 여자다. 쌈닭처럼 매일매일 소리 지르며 삶의 생기를 잊은 지 오래다. 커피가 없는 카페, 음악이 사라진 카페. 이러니 손님이 오는 게 이상할 정도다. 남편은 집을 나가고 피아노를 꿈으로 삼고 있는 아들은 피아노를 칠 때마다 그만두라고 소리치는 엄마 때문에 인생이 모래알처럼 쓰라리다. 두 딸도 사는 게 지겹다. 이런 카페 안에 뛰어든 야스민, 그 여자의 눈부신 긍정의 힘과 밝음 덕분에 마법 같은 일이 생긴다. 브렌다의 남편이 돌아오고, 아이들은 표정이 환해지고, 카페에는 춤과 노래 그리고 손님들의 웃음소리가 가득하다. 무엇보다 불행한 여주인 브렌다는 행복을 찾는다.

도대체 무엇이 브렌다를 그렇게 변화시켰을까? 카페를 멋지게 리모델링한 것도 아니고 게으른 남편과 말썽꾸러기 아이들도 달라진 게 없다. 변한 건 바로 브렌다 자신이었다. 브렌다의 마음가짐이 달라진 것이다. 브렌다는 긍정적인 야스민으로 인해 사물을 바라보는 시각을 달리했을 뿐이다. 무능한 남편은 착하고, 집안일은 나 몰라라 피아노만 두드리는 한심한 아들은 피아노 연주로 사람들을 감동시킬 줄 아는 예술적 재능이 뛰어난 멋진 청년이고, 사사건건 엄마와 부딪히는 큰딸은 아름답고 건강하다. 참 이상한 일이다. 어제까지는 브렌다를 불행하게 한 가족이 오늘은 브렌다를 미소 짓게 만든 것이다.

세상은 생각하기 나름이고 어떻게 보느냐에 따라 다르다. 이와 같이 행복은 우리의 마음먹기에 달려 있다. 그런데 우리는 돈, 건강, 풍요로운 식탁, 좋은 직장 등 행복의 조건을 만들어 놓고 스스로 그 속에 갇혀 살면서 자신이 행복하지 않다고 억울해하고 있다. 어떤 상황이나 조건 때문에 행복하고 불행한 건 아닌데 말이다. 영어의 스트레스(stressed)를 반대로 하면 디저트(desserts)라는 말이 된다. 키 작은 청년은 큰 키를 가진 친구들을 부러워하며 자신이 불행하다고 느낀다. 청년은 자신의 두 다리가 100미터 달리기에서 늘 1등을 할 정도로 튼튼해서 다른 사람들의 부러움을 사는 데는 둔감하다. 조금만 시각을 달리한다면 삶은 눈부시게 아름답고 우리는 행복해진다. 이해인 수녀의 '1%의 행복'이라는 시에 이런 구절이 나온다.

> 저울에 행복을 달면
> 불행과 행복이 반반이면
> 저울이 움직이지 않지만
> 불행 49% 행복 51%면
> 저울이 행복 쪽으로 기울게 됩니다.
> 행복의 조건엔 이처럼 많은 것이 필요 없습니다.
> 우리 삶에서 단 1%만 더 가지면 행복한 겁니다.

어쩌면 우리네 삶은 우리가 생각하는 것보다 훨씬 더 달달하고 고소하고 말랑말랑한지 모른다. 우리가 그걸 받아주지 않고 힘들다고 투정 부리고 노엽다고 눈 흘기고 입을 삐죽 내미는 건 아닐까? 행복할 마음이 있는 사람은 행복해진다. 인생은 마음먹기 아닌가?

행복의 조건엔
많은 것이
필요 없습니다.

우리 삶에서
단 1%만 더 가지면
행복한 겁니다.

02

HAPPY HERE NOW

혼자 잘 지내는 법

울지 마라, 외로우니까 사람이다
살아간다는 것은 외로움을 견디는 일이다
공연히 오지 않는 전화를 기다리지 마라
눈이 오면 눈길을 걸어가고
비가 오면 빗길을 걸어가라
갈대숲에서 가슴 검은 도요새도 너를 보고 있다
가끔은 하느님도 외로워서 눈물을 흘리신다
새들이 나뭇가지에 앉아 있는 것도 외로움 때문이고
네가 물가에 앉아 있는 것도 외로움 때문이다
산 그림자도 외로워서 하루에 한 번씩 마을로 내려온다
종소리도 외로워서 울려 퍼진다

시인 정호승의 '수선화에게'라는 시다. 이토록 인간의 외로움을 잘 표현한 문학작품이 또 있을까 싶다. 특히 '외로우니까 사람이다'에서 우리는 슬픔보다 안도감을 느낀다. 나만 외로운 게 아니니까. 외로움이 공평하다는 건 위로가 된다.

> 할머니가 되면 난 보라색 옷을 입을 거야
> 나와 어울리지도 않는 빨간 모자와 함께.
> 연금으로는 브랜디와 여름 장갑과 고급 샌들을 사고
> 그러곤 버터 살 돈이 없다고 말할 거야.
> 피곤하면 길바닥에 주저앉고
> 상점 시식 음식을 맘껏 먹고, 화재경보기도 눌러 보고
> 지팡이로 공공 철책을 긁고 다니며
> 젊은 날 맨정신으로 못하던 짓을 보충할 거야.
> 빗속을 슬리퍼를 신고 돌아다니며
> 남의 집 정원에서 꽃도 꺾고
> 침 뱉는 법도 배울 거야.

영국의 시인 제니 조지프의 '경고(Warning)'라는 시다. 유머러스하면서도 많은 걸 시사하고 있다. 우리는 질서와 원칙을 지키며 모범적으로 살려고 애쓴다. 그러나 때로는 너무 답답해서 자유스러운 일탈을 꿈꾸기도 한다. 한 번쯤 회사로 가는 출근길 발걸음을 돌려

바다로 가고 싶다. 한 번쯤 저녁 찬거리 대신 화사한 안개꽃 다발을 장바구니에 담고 싶다. 한 번쯤 가격표를 먼저 살피지 않고 옷을 사고 싶다. 수많은 한 번쯤이 있지만 그 한 번을 하지 못한다.

그러나 조금 덜 외롭고 조금 덜 답답하게 살아가는 방법을 찾아낸다면 나이 들어 물가에 앉아서 혼자 울지 않아도 되고 동네 사람들에게 "놀라지 마세요"를 외치며 빵 살 돈으로 굽 높은 샌들을 사며 그동안 억눌린 심정을 토로하지 않아도 된다. 바로 '혼자 잘 노는 것'이 좋은 방법이 될 수 있다.

흔히 노후를 잘 보내려면 돈, 친구, 건강이 있어야 된다고 하는데 혼자 잘 놀 줄 알면 이보다 더 든든한 노후대책은 없다. 혼자에 두려움을 느낀다면 쉬운 것부터 하면 된다. 동네 산책, 조조 영화 보기, 대형 책방 둘러보기 이런 것들은 혼자가 더 자연스럽다. 점점 익숙해지면 범위를 넓히면 된다. 둘레길 걷기, 기차 여행하기, 식당 혼자 들어가기 등등. 영화 한 편을 보려 해도 꼭 동행이 있어야 하고 아무리 배가 고파도 혼자라서 식당에 들어가기가 주저된다면 삶의 다양한 즐거움을 놓치게 되고 더욱 외로워진다.

어쩌면 삶은 살아가는 게 아니라 살아내야 하는 것인지 모른다. 나 자신을 가장 좋은 친구로 만들어 혼자 시간을 잘 보낼 줄 알면 이보다 더 든든한 것은 없다.

03

HAPPY HERE NOW

불면증을 대하는 자세

친구 A와 B, C가 공교롭게도 같은 시기에 불면증에 걸렸다. 팬데믹 상황이 오래 지속되면서 불면증 환자가 늘고 있다는데 결국 피해 가지 못했다. 같은 처지에 놓였지만 불면증을 대하는 그들의 자세는 전혀 다르다. A는 전적으로 의사를 믿고 오직 의사의 처방에만 따른다. 약을 먹고 두통이 생기거나 소화가 안 되면 바로 병원으로 달려가 의사와 상의해서 약을 줄이거나 바꾼다. B는 여기저기 소소하게 아픈 데가 많아서 이미 다양한 약을 복용 중이므로 새로운 약을 또 먹는다는 게 부담이 된다. B는 의사에게 약 말고 다른 방법이 없냐고 물었고 의사로부터 17시간 활동하고 7시간 잠을 자고 아침에 일어나서 30분 동안 햇볕을 쬐라는 말을 듣는다. B는 바로 실행에 옮긴다. 산책을 하고 자전거를 타고 집안일을 하면서도 맨손체조나 스트레칭을 게을리하지 않는다. C는 불면증 약이 쉽게 끊기 어려운, 높은 의존성이 있다는 걸 두려워하며 밤마다 스스로 약을 조제한다. 의사의 처방에 따라 약국에서 조제해 온 약을 더 쪼개거나 빼거나 한다. 최소의 투자에 최대의 효과를 보는 경제원론법칙을 불면증 약에 적용한다. 가능하면 약을 적게 먹고 잠이 들기 위해 오늘은 이렇게도 먹어 보고 다음 날은 저렇게도 먹어 보면서 자신의 불면증 상태에 맞춰 나간다. 그나마 다행스러운 건 그들이 자신만의 방법으로 불면증에서 서서히 벗어나고 있다는 점이다.

이렇듯 불면증을 대하는 자세가 다른 건 성격이 다르기 때문이다. 그리스의 철학자 헤라클레이토스는 '성격이 운명이다'라고 했다. 인간의 내면 심리 연구에 자주 등장하는 셰익스피어의 4대 비극 『오셀로』, 『맥베스』, 『리어왕』, 『햄릿』은 '성격이 곧 운명이다'라는 말을 절절하게 증명하고 있다. 햄릿은 우유부단 때문에, 오셀로는 불신과 질투 때문에, 맥베스는 끝없는 욕망 추구 때문에, 리어왕은 독선과 분노 때문에 비극으로 생을 마감한다. 특히 우리는 사람의 성격을 말할 때 '햄릿형'과 '돈키호테형'으로 구분 짓기도 한다. 머릿속에 생각만 꽉 차 있고 선뜻 행동으로 옮기지 못하는 우유부단한 햄릿형, 스페인 작가 세르반테스의 소설 『돈키호테』의 주인공인 생각하지 않고 그대로 행동하고 돌진하는 돈키호테형. 가장 이상적인 건 햄릿과 돈키호테의 특징을 반반씩 섞어 놓은 생각하고 행동하는 인간형이지만 성격이 어디 마음대로 되는 것인가?

대부분의 사람은 자신의 성격을 고치고 싶어 한다. 심지어는 성격이 좋다는 말을 자주 듣는 사람도 자신의 성격에 만족하지 못한다. 정말 성격은 고칠 수 없는 것인가? 많은 사람이 성격을 고치고 싶다고 생각하면서 사는 내내 자신의 성격을 뿌리째 뽑으려고 애쓴다. 몇십 년 된 뿌리 깊은 나무는 절대 뽑히지 않는다. 다만 변형은 가능하다. 가지치기를 하고 이끼를 제거하는 건 할 수 있다. 성격도 마찬가지다. 전부 고치려고 덤벼들면 포기하게 된다. 부드럽게 덧칠하고 조금씩 축소하고 때로는 조금씩 늘려가고 유연성을 발휘해서 성격을 조물조물 만져주면, 정말 싫은 내 성격의 일부는 충분히 바꿀 수 있다. 단번에라는 욕심만 내지 않는다면.

04

HAPPY HERE NOW

외롭거나 괴롭거나

삶은 만남의 연속이다. 취미동우회, 동창모임 등 참으로 많은 모임이 있다. '인간은 사회적 동물이다'라는 아리스토텔레스의 명언이 아니더라도 우리는 어울려 살아야 하고 그것은 당연한 일이다. 그런데 어느 시점에서 둘 중 하나를 선택해야 할 때가 온다. 괴로울 것인가. 외로울 것인가. 상처에 예민한 사람은 차라리 혼자인 외로움을 선택하고, 외로움이 두려운 사람은 관계에서 부딪히는 괴로움을 견디면서 모임에 나간다.

그런데 선택의 여지가 없는 경우가 있다. 바로 직장, 학교, 이웃 등이다. 먹고사는 문제인 절박한 생존이 달려 있는데 상사가 교묘하게 괴롭힌다고 당장 회사를 그만둘 수가 있는가. 공부 잘하는 같은 반 친구한테 매번 무시당한다고 책가방을 내던지고 달나라로 날아갈 수는 없다. 퇴근할 때마다 제철 과일을 한아름 사 들고 들어오는 신사복 모델처럼 멋지게 생긴데다 자상하기까지 한 옆집 남자 때문에 항상 빈손인 내 남편이 점점 밉상이 된다고 당장 이사를 갈 수는 없는 노릇 아닌가. 늘 꼬투리를 잡으려고 혈안이 돼 있는 막내 시누이를 견뎌내기 힘들어 이혼할 수는 없지 않은가. 그것들은 정 괴로우면 차라리 외로운 쪽을 택해 안 나가고 안 보면 그만인 동창 모임이나 동우회 모임과 다르다. 묵묵히 견뎌내야 하는 것들이다. 그렇다면 한여름 소낙비처럼 고스란히 맞고 서 있어야 하는가. 그건 아니다. 상대방을 변화시킨다는 것은 매우 어렵다. 그래서 내가 달라져야 한다.

직장에 못된 상사만 있는 것은 아니다. 사륵사륵 설탕이 녹아드는 암갈색 커피 한 잔을 내 책상 위에 놓아주는 입사 동기도 있고, 빛나는 유머로 일의 무게를 잠시 잊게 하는 유쾌한 김 대리도 있다. 무엇보다 일할 수 있는 직장이 있다는 게 얼마나 고마운 일인가. 좋은 게 훨씬 더 많다. 시댁에도 깐죽거리는 막내 시누이만 있는 게 아니다. 큰언니처럼 넉넉하고 푸근한 맏동서도 있고, 구두 상품권 한 장을 말없이 가방에 넣어 주는 시동생도 있다. 학교도 이웃도 마찬가지다. 나를 힘들게 하는 사람보다 나를 기분 좋게 하는 사람과 상황이 더 많다. 그런데 대부분의 사람이 좋은 쪽은 무심하고 나를 힘들게 하는 상내에게만 온 신경을 집중하며 괴로워한다. 그래서 사는 게 힘들고 조금도 행복하지 않다고 느낀다.

행복을 줍기 위해서는 먼저 행복을 발견해야 한다. 행복이 구두

위에 살포시 앉아 있어도 그것이 행복인 줄 모른다면 아무 소용이 없다. 행복을 발견하는 것은 평소 노력이고 훈련이다. 그러다 습관이 된다. 옆자리 직원의 유머와 입사 동기의 커피 등 나를 기다리는 오늘의 행복을 상사의 심술만 바라보고 전전긍긍하다가 놓쳐버린다면 인생에서 우리는 괴롭거나 외롭거나 둘 중 하나만을 선택해야 될지 모른다. 좋은 생각으로 나쁜 생각을 확 덮어버리자. 그러면 '행복하거나'가 선택에 끼어들 것이다. '괴롭거나' '외롭거나' '행복하거나' 중에서 당연히 우리는 '행복하거나'를 선택한다. 스스로 행복을 택해 행복해지는 삶, 얼마나 건강한가.

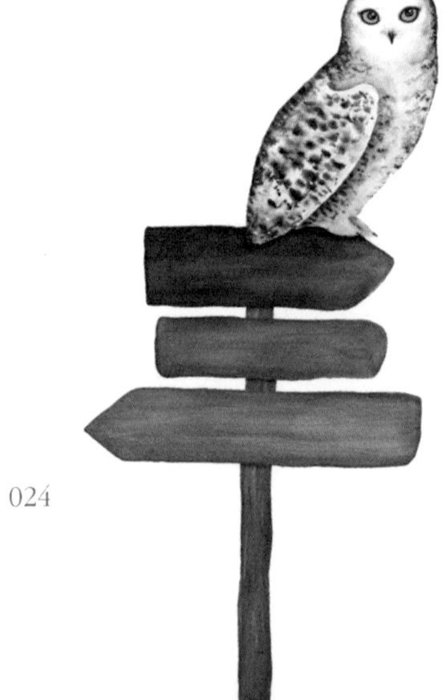

05

HAPPY HERE NOW

참 멋진 사람

어떤 나라에 외눈을 가진 왕이 살았다. 왕은 죽기 전에 그럴듯한 초상화를 남기고 싶었다. 그래서 이름난 화가들을 불러 모아 자신의 초상화를 그리도록 했다. 영악한 화가들은 두 눈을 모두 성하게 그렸고 뜨악한 화가들은 외눈을 사실 그대로 그렸다. 왕은 몹시 화가 났다. 두 눈을 모두 그린 초상화는 거짓이라 싫었고 외눈박이 초상화는 사실이지만 보기가 흉해서 싫었다. 그때 한 화가가 조심스럽게 초상화 한 장을 내밀었다.

"그래 바로 이거야!"

왕은 비로소 흐뭇한 얼굴이 되었다. 그 초상화는 왕의 미소 띤 옆모습을 성한 눈 쪽으로 그린 것이다. 왕은 그 화가에게 큰 상을 내렸다. 이렇듯 어려움에 부딪혔을 때 상황을 역전시키고 행복해지는 일은 단순한 지혜일 뿐만 아니라 한 사람의 운명이 되기도 한다. 행복할 조건을 다 갖추었을 때만 행복하다면 마냥 행복하게 살기는 어렵다.

따사로운 햇빛이 잠시 스쳐 지나가는 반지하 셋방에 사는 신혼의 아내는 잘 꾸며진 친구의 아파트에 다녀온 후 하루종일 우울했다. 다음날 그녀는 색색깔의 팬지 화분 4개를 사서 창가에 놓았다. 그리고 도매시장에서 산 물방울무늬 커튼을 창문에 달았다. 집 안이 한결 환해지면서 마음도 밝아졌다. 이제 그 누구도 부럽지 않았다.

친구들과 여행을 갔다. 유명한 맛집이라고 해서 며칠 전에 예약을 했는데 식당의 사정으로 문이 닫혀 있었다. 하는 수 없이 근처 다른 식당으로 들어갔다. 음식 맛이 형편없었다. 모처럼 큰맘 먹고 떠난 여행인데 왠지 불길한 조짐이 보인다. 모두 맛없는 음식에 짜증을 내고 있을 때 한 친구가 고추장과 참기름을 달라고 해서 양푼에 밥을 넣고 비빔밥을 만들었다. 간이 잘 배지 않은 나물들이 주인이 직접 담근 시골 고추장과 참기름을 만나니 맛이 살아났다. 모두 맛있게 먹기 시작했다. 진짜 멋진 사람은 외모가 준수하거나 가진 게 많은 사람이 아니라 어떤 상황에서도 행복을 만들 줄 아는 사람이다. 그러려면 우리는 '하필'과 '이왕'을 제대로 이해해야 한다.

새 옷을 입고 출근하는데 자동차가 지나가면서 흙탕물이 튀어 옷이 엉망이 되었다. 열심히 바르게 살았는데 병에 걸렸다. 그때 처음 드는 생각이 '왜 하필 나인가?'이다. 그러나 잘 살펴보면 누구에게나 일어날 수 있는 일이다. 누구에게나 일어나는 그 일이 내게 왔을 때는 '하필'이 될 뿐이다. '다른 길로 갔으면 흙탕물이 안 튀었을 텐데, 평소 운동을 꾸준히 했다면 병에 안 걸렸을 텐데' 그런 후회는 아무짝에도 쓸모가 없다. 이미 일어난 일이다. 이왕 이렇게 됐으니 그 시점에서 최선을 다하는 수밖에 없다. '하필'은 불행의 강도를 더욱 깊게 할 뿐이고 '이왕'은 새로운 각오를 다지며 스스로 좋은 길을 찾아가게 한다. 어떤 상황이라도 의연하게 대처하며 좋은 방향으로 바꾼다면 삶은 언제나 넉넉한 큰누이처럼 두 팔 벌려 우리를 안아줄 것이다.

06

HAPPY HERE NOW

사소한 것이 세상을 바꾼다

이사 가는 날 겨울비가 주룩주룩 내렸다. 아내는 아무 말 없이 남편을 바라보았다. 남편은 실직을 하고 이력서를 들고 꽤 오랫동안 직장을 구하러 다녔다. 결국 집을 팔아 빚을 갚고 낯선 곳으로 이사를 오게 되었다. 아내는 아는 사람 하나 없는 곳에서 시작해야 되는 새로운 삶이 두렵고 외로워 울고 싶었지만, 남편의 절망을 아는지라 내색할 수 없었다. 이삿짐을 정리하던 아내는 싱크대 서랍에서 편지 한 통을 발견했다.

'이사 오느라 애쓰셨어요. 저는 이곳에서 아주 편안하고 행복하게 지냈습니다. 특히 부엌에 있는 작은 창으로 내다보이는 바깥풍경은 늘 한 폭의 수채화처럼 멋지답니다. 당장 이용해야 되는 가게 전화번호입니다. 주인 모두 친절하고 다정한 분입니다. 행복하십시오.'

글 밑에 빼곡하게 쌀집, 채소가게, 정육점, 약국, 미용실, 대중목

내가 하고도 곧 잊어버리고 마는 그 사소한 것들이
누군가에게 '인생은 아직도 살 만한 가치가 있는 아름다운 것'이라는
감동을 주고 그 감동은 희망이 되고 행복이 된다.

욕탕 등등 가게 전화번호가 적혀 있었다. 아내는 창밖을 바라보았다. 지금은 춥고 앙상한 겨울 산이지만 머지않아 연둣빛 새싹이 돋고 진홍빛 진달래가 수놓인 아름다운 봄 산이 되리라. 아내는 전에 살던 사람이 남긴 편지 한 통으로 이곳에서 행복을 꿈꾸게 되었다.

딸은 친정아버지를 요양원에 두고 온 날 밤새 울었다. 누군가의 도움이 있어야 움직일 수 있는 아버지가 먼저 요양원 이야기를 꺼냈고 하루 종일 아버지만 돌볼 수 없는 딸은 만류하지 못했다. 대신 딸은 어떠한 일이 있어도 일주일에 한 번은 꼭 찾아뵙기로 마음먹었다. 아버지가 좋아하는 음식을 해서 요양원 방문을 한 첫날, 뜻밖으로 아버지의 표정이 밝은 것에 놀라고 안도했다. 그 이유는 요양원에 있는 노인을 부르는 호칭에 있었다. 보통 '할머니, 할아버지'라고 부르는 다른 요양원과 달리 그곳에서는 과거 한창 일하던 때의 호칭으로 부르고 있었다. '선생님, 지배인님, 원장님 등등' 그건 단지 호칭이 아니라 눈부신 젊은 날을 한 조각 돌려주는 일이기도 했다. 정년퇴직한 지 15년이 된 아버지는 다시 교감 선생님으로 불리는 게 너무 좋고 행복하다고 딸에게 고백했다. 딸은 아버지를 뒤로하고 돌아오는 발걸음이 한결 가벼웠다. 호칭 하나에도 신경을 쓰는 요양원이라면 아버지를 잘 돌봐줄 것 같은 믿음에서다. 크고 대단한 것이 아닌 작고 사소한 일이 사람을 감동시키고 세상을 바꾸는 원동력이 된다.

비를 맞고 걷는 누군가에게 우산을 씌워주는 일, 길거리에 버려진 유리 조각을 줍는 일, 길을 묻는 사람에게 친절하게 길을 가르쳐 주는 일, 버스에서 자리를 양보하는 일, 양손에 짐을 가득 든 뒷사람을 위해서 잠시 문을 잡고 서 있는 5초의 짧은 시간. 내가 하고도 곧 잊어버리고 마는 그 사소한 것들이 누군가에게 '인생은 아직도 살 만한 가치가 있는 아름다운 것'이라는 감동을 주고 그 감동은 희망이 되고 행복이 된다. 내 미소, 나의 따뜻한 말 한마디, 나의 친절이 세상을 바꾸는 것이다.

07

HAPPY HERE NOW

핀란드 공원이 더욱 아름다운 이유

유엔 산하 자문기구인 SDSN(지속가능발전해법네트워크)는 전 세계 156개국을 대상으로 국민 행복도를 조사한 '2018 세계행복보고서'를 발표했다. 그 결과 국민행복지수 1위는 핀란드, 2위는 노르웨이가 선정되었다. 우리나라는 57위다. 행복지수가 상위권인 국가는 대부분 사회복지제도가 잘 되어 있는 북유럽이다. 복지제도가 잘 되어 있어서 삶의 질이 높아지면 그만큼 행복하게 살 수 있지만 그것이 전부는 아니다. 한 외국 기자가 핀란드 시골 마을 주민에게 행복한 이유를 물어보았다.

첫째, 따스한 햇살이 골고루 퍼진 넓은 공원의 풀밭에 엎드려 일광욕을 하거나 책을 볼 수 있다. 둘째, 가족과 편하게 기거할 수 있는 집이 한 채 있다. 셋째, 일용할 양식이 있다. 어쩌면 많은 사람이 이처럼 소박하고 평범한 것에서 행복을 발견하고 느끼기 때문에 행복지수가 1위인 나라가 되지 않았을까? 만일 똑같은 질문을 “난 조금도 행복하지 않아” 하며 늘 툴툴거리는 사람에게 했다면 어떤 대답이 돌아올까?

“누구나 드나드는 공원이 행복의 조건이라니요? 햇빛과 맑은 공기 그런 건 중요하지 않아요. 그 공원이 내 이름으로 등기가 되어 있다면 몰라도….”

“내 주위 사람들은 대부분 집 한 채는 갖고 있어요. 그들보다 많아야 되지 않겠어요? 최소한 집 두 채 아니, 세 채는 갖고 있어야 해요.”

“대부분 일용할 양식은 있지요. 브라질에서 공수한 커피를 아침마다 마신다거나 금으로 만든 접시에 담아 음식을 먹으면 몰라도….”

내 소유가 중요하고 다른 사람들보다 하나라도 더 많이 가져야 하고 아주 특별해야만 행복을 느낀다면 행복의 범위는 축소될 것이 뻔하다. 세상은 나보다 많이 가진 사람으로 가득 찼고 평범한 일상에 아주 가끔 끼어드는 특별함에만 의미를 부여한다면 도대체 언제 행복할 것인가? 얼마나 많이 가졌느냐보다 이미 가진 것을 얼마나 좋아하느냐에 따라 행복이 손을 내밀기도 하고 등을 보이기도 한다. 생텍쥐페리의 『어린왕자』에 이런 말이 나온다.

“사막은 아름다워. 사막이 아름다운 건 어디엔가 우물이 숨어 있기 때문이야. 눈으로 찾을 수 없어. 마음으로 찾아야 해.”

어쩌면 우리 삶의 여정도 모래와 바람으로 뒤덮인 사막을 걷는 것과 같은 일인지 모른다. 그만큼 녹록지 않다. 그러나 우리의 삶이 아름다운 건 행복을 느낄 수 있는 재료들이 찾기 쉬운 세 잎 클로버처럼 곳곳에 있기 때문이다. 숫자로 셀 수 있는 것, 손으로 잡을 수 있는 것, 눈으로 볼 수 있는 것으로 찾지 말고 마음으로 찾는다면 행복이 풍선처럼 두둥실 내 앞으로 떠오를지도 모른다. 행복은 그렇게 쉽게 길을 찾는다.

08

HAPPY HERE NOW

돈의 비밀

요즘 혼술, 혼밥, 혼여가 인기다. 혼자 먹는 술, 혼자 먹는 밥, 혼자 가는 여행 말이다. 누구한테 신경 쓸 거 없고 언제든지 내 마음대로이니 시간과 장소에 구애받을 필요가 없다. 그런데 그 이유가 전부일까? 친구라고 해서 주머니 속의 돈이 다 같지 않다. 여러 명이 좋다고 결정한 걸 내 호주머니 사정 때문에 반대 의견을 낼 수가 없다. 내 형편에 맞게 하려면 혼자가 제일 속 편하다.

연일 계속되는 무더위에 호텔에서 바캉스를 즐기는 호캉스가 인기다. 그래서인지 호텔의 실내풀장은 여유롭고 쾌적하게 수영을 즐기기에는 너무 많은 사람들로 북적인다. 하지만 아이를 데리고 온 젊은 아빠들의 표정은 편하게 즐길 수 없는 분위기를 탓할 생각이 조금도 없는 듯하다. 아내와 아이들에게 1년에 한 번쯤은 뜻밖에 호사로움을 누리게 해준다는 가장으로서의 뿌듯함이 있기 때문이다.

이렇듯 돈은 행복의 전부는 아니더라도 상당 부분을 차지하고 있고, 실생활에도 야무지게 개입하고 있다.

영국의 철학자 프랜시스 베이컨은 '돈은 최선의 종이요, 최악의 주인이다'라고 했다. 돈을 부리면 삶이 편해지지만 돈에 끌려다니면 고달파진다. TV 뉴스마다 계속 상승하는 아파트 가격을 소개하며 앞으로의 전망을 내놓는데, 그 아파트 한 채가 없는 나는 우울해야 할 것인가? 아니다. 주머니 속에 손을 넣어 본다. 편하게 쓸 수 있는 내 돈으로 지금 바로 텐트를 살 수 있다. 이 멋진 이동식 집으로 올여름 가족과 충분히 행복할 수 있다.

신문에 자동차 개별소비세인하로 자동차는 지금 사는 게 적기란다. 그런데 자동차 살 돈이 없다. 그렇다고 마음 다치면서 신문을 구겨 버릴 것인가? 자전거 살 돈은 있다. 그것도 두 대나. 사랑하는 사람과 북한강변을 끼고 달리는 자전거 하이킹은 내 인생을 얼마나 푸르고 싱싱하게 만들 것인가?

옆자리 직장동료가 퇴근 후 루프탑 수영장에서 수영을 하고 와인을 마신단다. 그런데 내 주머니에는 아이스 카페라떼 한 잔 사 먹을

돈밖에 없다. 그런데 시럽 넣은 아이스 커피를 마시면 왠지 내 인생도 시원하고 달달할 것 같다.

손자 손녀에게 좋은 장난감을 마음대로 사줄 수 없어서 말년의 인생이 짜증난다. 그러나 내 호주머니 속에 딱 동화책 한 권 살 돈이 들어 있으니 이 또한 기쁘지 않은가? 동화책으로 성우처럼 제대로 읽어 주면 "할머니, 최고야!" 하는 멋진 찬사가 돌아올지도 모른다.

음식물 쓰레기 버리려고 양손에 잔뜩 비닐봉지 들고 엘리베이터를 탔는데 윗집 가족이 해외여행 간다고 화보 찍는 모델들처럼 멋진 옷차림으로 큼직한 여행 가방 옆에 서 있다. 순간 집이 최고라고 소파에 누워 하루 종일 TV 보는 걸로 여름휴가를 보내는 남편에게 권투 글러브를 던져 주고 싶다. 한 판 붙자고. 하지만 심호흡을 한 번 하고, 주머니 속에 손을 넣어 본다. 내가 쓸 수 있는 돈, 만 원짜리 넉 장. 남편과 영화 한 편 보고, 메밀국수 먹기 딱 알맞은 돈. 그래, 내가 뭐 꿀릴게 있나?

통장에 들어 있는 돈은 숫자에 불과할 뿐이다. 내가 편하게 쓸 수 있는 돈만이 내 돈이다. 내 돈에 더 많은 가치를 부여해서 나 자신을 행복하게 해 줄 작정을 한다면, 행복이 무슨 힘으로 버틸 수 있겠는가? 신혼의 아내처럼 그대로 내 품에 안긴다. 주머니에 손을 넣어 본다. 내가 편하게 쓸 수 있는 내 돈으로 오늘 신나게 하루를 보내볼까?

09

HAPPY HERE NOW

숨어 있는 보물찾기

남들처럼 열심히 '마련하기 위하여' 살아가는 남자가 있었다. 집을 사기 위해, 자동차를 사기 위해. 앞선 친구의 뒤통수만 바라보고 달려온 우리 가운데의 한 사람이었다. 그에게 어느 날 갑자기 참을 수 없을 만큼 심한 두통이 찾아 왔다. 종합병원으로 가서 검사를 받았다. 평소 안면이 있는 의사가 심각한 얼굴로 말했다.

"결과는 사흘 후에 나옵니다만, 마음의 준비를 해야 할 것 같습니다."

그는 눈물을 흘리며 집으로 돌아왔다. 자신의 삶이 원망스럽기만 했다. 즐거움보다는 괴로움이, 평화보다는 불만이 많았던 나날이었다. 몇 장 보다 남긴 책이며, 항시 내일로 미루어 온 여행이며, 마저 정리하지 못한 것들… 해야 할 일들이 많았다.

"왜 나에게는 이 세상의 행복이 단 한 번도 찾아 오지 않은 걸까?"

가슴 가득 분노가 일었다. 사흘 후 결과를 보러 갔다. 의사가 빙그레 웃으며 그에게 말했다.

"악성이 아니라 양성입니다."

그는 갑자기 물결치듯 밀려드는 햇살을 느꼈다. 어느 하루 뜨지 않은 적이 없는 태양이건만 이때처럼 찬란하게 느낀 적은 없었다. 가슴을 시원하게 적셔주는 공기 한 모금.

"아, 이처럼 단 공기를 이제껏 내가 모르고 지냈다니."

그는 그제서야 행복을 제대로 알아본 것 같았다.

우리는 우리가 가진 것에는 무관심하고 고마워할 줄 모른다. 모든 걸 당연하다고 생각한다. 그것의 가치를 깨달을 때는 그것을 잃고 난 이후다. 전기의 소중함을 느낄 때는 정전이 돼서 암흑 속에 놓여 있을 때처럼. 내가 가진 것들이 누구나 가진 당연한 것들이라도 그것에 감사할 줄 알면 행복을 포켓에 넣고 다니는 사람과 같다.

아버지가 계시고 어머니가 계시다.
가고 싶은 곳을 자기 발로 가고
손을 뻗어 무엇이든 잡을 수 있다.
소리가 들린다. 목소리가 나온다.
그보다 더한 행복이 어디 있을까.
그러나 아무도 당연한 사실들을 기뻐하지 않아
'당연한 걸' 하며 웃어버린다.

세끼를 먹는다
밤이 되면 편히 잠들 수 있고 그래서 아침이 오고
바람을 실컷 들이마실 수 있고
웃다가 울다가 고함치다가 뛰어다니다가
그렇게 할 수 있는 모두가 당연한 일
그렇게 멋진 걸 아무도 기뻐할 줄 모른다.
고마움을 아는 이는 그것을 잃어버린 사람들뿐.

어느 의사가 남긴 시다. 행복은 저 먼 산 뒤에 숨어 있어서 힘들게 찾아가 잡아야 하는 게 아니다. 자신이 가진 것들을 하나하나 소중히 생각하며 고마워하는 마음에서부터 시작된다. 남들보다 승진이 늦은 나, 그런데 건강하다. 남들보다 피부가 나쁜 나, 그런데 미소가 예쁘다. 공부 못하는 나, 그런데 축구만은 자신 있다. 맞벌이 안 하는 나, 그런데 된장찌개 끓이는 솜씨만은 대치동에서 최고다. 내가 가진 걸 크게 부각시켜서 마음껏 행복해 보자. 우리가 행복해야 되는 시간은 미래가 아니라 바로 지금이다.

행복은 저 먼 산 뒤에 숨어 있어서
힘들게 찾아가 잡아야 하는 게 아니다.
자신이 가진 것들을 하나하나 소중히 생각하며
고마워하는 마음에서부터 시작된다.

10

HAPPY HERE NOW

그곳에 가면

낯선 곳에 가서 우연히 발견한 아름다운 풍경은 감동과 즐거움을 동시에 선사한다. 키 큰 나무들 뒤에 숨어 있는 작은 호수, 울퉁불퉁 억센 바위 틈에 피어 있는 한 무더기 노란 들꽃, 회색빛 하늘을 고운 주홍빛으로 물들인 노을, 어디 자연뿐이겠는가? 좋은 사람을 발견할 때는 더 설레고 기쁘다. 그 기분은 내일에 대한 기대로 발전하고 그만큼 삶이 풍요롭고 아름다워진다.

여행 중에 우연히 들른 작은 빵집, 수요 미식회에 소개된 빵집이라는 걸 나중에 알았다. 정직한 재료의 빵 맛도 훌륭하지만 젊은 부부가 매우 부지런하고 성실하게 일한다. 항상 미소를 잃지 않고 친절하다. 어느 날 이사를 간다고 한다. 땅을 사서 빵집과 살림집을 나란히 지었다며 환하게 웃는 젊은 아내. 드디어 월세에서 벗어났다며 아내가 애 많이 썼다고 떨리는 목소리로 말하는 젊은 남편. 새

로 지은 빵집은 동화 속 작은 궁전처럼 아름다웠고 그 안에서 열심히 일하는 부부는 더욱 아름다웠다. 그들이 잘되는 게 너무 좋다. 노력하는 만큼 발전한다는 걸 보여주는 그들에게서 희망을 보기 때문이다.

단풍이 아름다운 어느 온천 마을 입구에 칡냉면집이 있다. 어머니와 아들이 단출하게 운영한다. 냉면집 넓은 마당에는 목공 솜씨가 뛰어난 아들이 만든 색색깔의 의자가 놓여 있다. 잠시라도 고단한 삶의 무게를 내려놓고 손님들 편히 쉬라고 정성을 다해 만들어 놓은 의자들이다. 어머니는 직접 만든 빛깔 고운 오미자차를 마당으로 내온다. 맛있다고 감탄하는 손님에게는 유리병 가득 오미자 원액을 담아 싸준다. 찻값을 따로 받으라고 손님들이 아우성이지만 어머니는 그저 웃기만 한다. 아들이 만든 의자에 앉아서 어머니가 만든 오미자차를 마시며 오후의 햇살 아래 손님들은 마냥 행복하다. 그래서 문득 칡냉면집의 어머니와 아들처럼 베풀며 살고 싶어진다.

그곳에는 남프랑스에서 만난 듯한 예쁜 카페가 있다. 꽃을 좋아해서 카페 안을 온통 꽃으로 장식한 아내와 유명 가수를 닮은 남편이 빵을 굽거나 커피를 내린다. 남편은 3년째 카페 옆 작은 땅에 집을 짓고 있다. 언제 집이 완성될지는 아무도 모른다. 남편 혼자서 짓기 때문이다. 건축자재도 사 오는 것보다 얻어 오는 게 더 많다. 건축현장에서 때로는 재활용센터에서 쓸모없다고 버려진 것들이 남편의 손을 거치면 멋진 현관문이 되고 식탁이 된다. 아내는 카페에 딸린 작은 방에서 불편한 잠을 자면서도 절대 재촉하지 않는다. 남편 역시 허겁지겁 시간을 재지 않는다. 그곳에 가면 마음이 편안해지는 게 매사에 욕심내지 않고 천천히 움직이는 그 부부의 '느림의 미학' 덕분인지 모른다. 빨리빨리를 외치며 '늘 달리는 중'인 현대인이 잃고 사는 걸 그곳에서 만나기 때문일지도. 이렇듯 살면서 좋은 사람을 발견하는 일은 즐거울 뿐만 아니라 따뜻한 위로가 되기도 하며 희망을 잃지 않게 한다. 우리가 살아가는 동안 좋은 사람을 발견하는 일은 계속될 것이며 삶이 아름다운 이유이기도 하다.

좋은 사람을 발견하는 일은 즐거울 뿐만 아니라
따뜻한 위로가 되기도 하며 희망을 잃지 않게 한다.

11

HAPPY HERE NOW

이해의 폭

두 친구 영이와 순이가 함께 외출을 한다. 한눈에 봐도 값이 꽤 나갈 것 같은 유명 메이커 유모차를 밀고 젊은 여자가 지나간다. 가만 보니 아기가 아닌 강아지가 타고 있다. 순간 영이는 화가 치민다. 경제력이 약해서 유모차를 대여해 쓰는 젊은 엄마들도 많은데 이게 무슨 해괴망측한 일인가? 한 마디 해주고 싶다. 그러나 꾹 참는다. 순전히 개인적인 문제인데 지적을 할 수 없는 노릇이기 때문이다. 그 옆에 순이는 어떤가? '단순한 강아지가 아니라 한 가족으로 받아들이고 살고 있구나' 그런 생각으로 그냥 편하게 지나간다.

두 친구는 점심식사를 하기 위해 한 음식점으로 들어간다. 옆자리에 엄마와 아이들이 앉아 있다. 젖먹이 아기는 울어대고 큰아이는 테이블 사이를 뛰어다니며 외식에 대한 즐거움을 열렬히 표시하고 있다. 아이들의 엄마는 안타까운 표정일 뿐 일어나서 말리지 않는다. 영이는 공공장소에서 예의를 가르치지 않는 엄마의 뻔뻔함에 또 화가 치민다. 애를 둘씩이나 달고 왜 외식을 하러 나온 건가? 한심하기조차 하다. 순이는 안쓰럽다. 육아는 닫힌 공간인 집 안에서 오직 엄마의 몫이다. 얼마나 답답했으면 두 아이를 데리고 나오는 게 더 힘든데 외출을 했을까? 큰아이를 자리에 앉히고 싶어도 품 안에 젖먹이 아기가 울어대니 꼼짝을 할 수 없는 노릇이다. 순이는 일어나 이제는 타잔처럼 소리까지 지르면 뛰어다니는 큰아이의 손을 잡고 옆자리에 앉힌다. 머리를 쓰다듬으며 "맛있는 음식이 곧 나올 테니 기다리자" 하고 달랜다. 아이는 곧 맛있는 게 나온다니 기분이 좋아져서 타잔놀이를 간단하게 포기한다. 아이의 엄마는 감사하다고 연신 고개를 숙인다. 그때까지 영이는 노골적으로 불쾌한 표정을 짓고 있다.

식사를 마친 두 친구는 커피숍으로 들어간다. 앉을 자리가 없다. 영이는 슬슬 기분이 나빠진다. 여기저기 혼자 앉아서 달랑 커피 한 잔 시켜놓고 노트북 두드리며 일어날 생각을 안 하는 사람들 때문이다. 순이는 그 모습이 이미 일상화되어 자연스러울 뿐만 아니라 '집보다 복잡하지만 커피숍이 더 몰두할 수 있구나. 그건 순전히 개인의 취향이니 존중해줘야지' 생각한다. 각자 집으로 돌아온 두 친구, 영이는 오늘의 외출이 피곤하고 짜증스러울 뿐이다. 반면 순이는 모처럼 친구를 만나서 즐겁고 행복하다.

우리는 행복하기 위해서 뭘 가져야 하고 누가 있어 줘야 한다는 많은 양의 '소유'와 내 곁에 '존재'의 함정에 빠질 때가 많다. 그러나 그건 내 의지로 할 수 없는 일이다. 우선 내가 할 수 있는 일을 먼저 해야 한다. 행복하기 위해서 지금 당장 내가 할 수 있는 일은 다정하고 따뜻하게 언어의 온도를 높이는 일과 이해의 폭을 넓히는 일이다. 특히 이해의 폭이 넓을수록 상대방에게 좋은 사람이 되기도 하지만 먼저 내가 편안하고 행복해진다.

독일의 대문호 괴테는 '인생의 본질은 남을 이해한다는 점에 있다'라며 이해의 중요성을 강조했다. 사실 남을 이해한다는 건 쉽지 않은 일이다. 우리는 세상을 자신이 바라는 대로 보고 싶은 욕심이 있기 때문이다. 하지만 욕심을 줄이고 이해의 폭을 조금씩 늘려가면 행복을 느끼는 시간도 그만큼 늘어갈 것이다. 행복을 느끼고 늘려가는 일도 오롯이 내 몫이다. 이렇듯 행복은 주어지는 게 아니라 내 스스로 만들어 가는 것이다.

12

HAPPY HERE NOW

봄 스케치, 북한강변 자전거길

운길산역 '물의 정원'에는 영화 속 풍경 같은 자전거길이 있다. 연둣빛 봄이 내려앉은 자전거 길을 달리다 보면 봄꽃보다 더 아름다운 사람들을 만난다. 젊은 여인이 열심히 걸음마를 시키고 있다. 힘겹게 한 걸음 한 걸음 떼면서 여인의 칭찬과 박수 소리에 자신감을 얻고 있는 사람은 이제 막 돌 지난 아기가 아니고 백발이 성성한 할머니다. 할머니는 여인의 시어머니이며 중풍으로 거동이 불편하다. 며느리가 포기하지 않는 한 할머니는 오늘보다 내일 더 오래 걸을 수 있고 그만큼 더 행복한 봄을 누릴 수 있을 거다.

들꽃이 잔잔하게 수놓인 강가. 꼭 그 장소에 노부부는 앉아 있다. 아내는 휠체어에 앉아 있고 남편은 보온병에서 따뜻한 커피를 따라서 아내의 입가에 대준다. "아내는 커피를 참 좋아해요." 남편의 말에 아내는 열심히 고개를 끄덕인다. 말이 어눌해서 표정으로 답하는 아내. 남편은 '참 예쁘다'며 아내의 모습을 사진 찍는다. 아내는 부끄러운 듯 손을 내젓는다. 노부부의 웃음소리는 라일락꽃 향기처럼 사방으로 흩어진다.

자전거로 달리다 보면 중간쯤 딸기 주스를 파는 곳이 있다. 어느 날 그곳에 작은 좌판이 놓여 있다. 한눈에 봐도 손으로 직접 만든 듯한 동그란 컵 받침이 쭉 놓여 있다. 나비와 꽃이 수놓인 컵 받침은 이 계절이 반드시 화사한 봄이어야만 한다고 말하고 있다. 새댁은 왕복 출퇴근 시간이 두 시간 넘게 걸리는 남편이 너무 안쓰럽다. 비싼 전셋값에 떠밀려 이곳까지 왔다. 남편을 위해서 뭔가 하고 싶었다. 정성껏 식사를 준비하는 것보다 좀 더 적극적인 일을. 그래서 컵 받침을 만들어서 팔러 나왔다. 다행히 비닐하우스 딸기 주스 가게 주인아주머니가 자리를 내어주었다. 한 장에 2천 원인 컵 받침을 5개 샀다. 가격이 너무 싼 것 같다는 내 말에 새댁은 그저 미소만 짓는다. 서양 속담에 '가난이 대문으로 들어오면 사랑은 창문으로 나간다'는 말이 있는데 새댁한테는 예외가 될 듯싶다.

'사랑이 대문으로 들어오면 가난은 창문으로 나간다.'

주홍빛 노을이 사르르 번지는 시간, 한 청년이 수줍게 뭔가 흥얼거리고 있다. 자세히 들어 보니 노래다. 청년은 한 방송국에서 개최하는 오디션에 나갈 생각이다. 가수가 꿈인데 생활에 등 떠밀려 시간을 흘려보냈다. 이번에는 꿈에 날개를 달아 보고 싶었다. 마땅히 노래 연습할 장소가 없어서 '물의 정원'으로 나왔는데 의외로 사람이 많다. 청년의 이야기를 들은 사람들은 큰 소리로 맘껏 부르라고 응원하며 기꺼이 청중이 되어준다. 잠시 쭈뼛쭈뼛하던 청년이 노래를 부르기 시작한다. 사람들이 환호한다. 누군가를 응원하는 일, 그건 어쩌면 나 자신을 응원하는 일이기도 하다. 긴 삶의 여정에 우리가 쉽게 지치지 않는 이유는 꽃보다 아름다운 사람이 있고 이렇듯 서로 어깨를 내주기 때문이다. 한자 사람 인[人]자처럼.

올 한해 나는 얼마나 자주 내 어깨를 내어주었나?

13

HAPPY HERE NOW

소확행을 위하여 건배

저녁때
돌아갈 집이 있다는 것
힘들 때
마음속으로 생각할 사람 있다는 것
외로울 때
혼자서 부를 노래 있다는 것

시인 나태주의 '행복'이라는 시다. 행복은 그렇게 소소한 곳에서 우리를 기다리고 있다. 요즘 '소확행(小確幸·바쁜 일상에서 느끼는 작지만 확실한 행복)' 찾기가 화두다. 이는 일본 소설가 무라카미 하루키의 수필 '랑겔한스섬의 오후'에서 나온 말이다. 그가 느끼는 평범한 생활 속에서 소소하지만 확실한 나만의 행복은 '갓 구워낸 빵을 손으로 찢어 먹는 것, 서랍을 열면 반듯하게 접어 넣은 속옷이 잔뜩 쌓여 있는 것, 고양이와 함께 침대에 누워 빈둥거리는 것'이다. 먼 미래의 큰 행복을 위해 오늘을 참고 견디는 것보다 그때그때 작은 행복이라도 살뜰하게 누리는 게 삶을 윤택하게 한다는 인식이 점차 퍼지면서 새로운 트렌드로 떠올랐다. 지난해의 화두인 욜로(yolo)는 오직 한 번뿐인 인생, 하고 싶은 것 마음껏 하고 악착같이 즐기며 산다는 뜻으로 여기에는 여행과 쇼핑 등 강한 소비가 포함되어 있어서 어느 정도 경제력이 갖춰져야 한다.

그러나 '소확행'은 마음먹기에 따라 언제든지 찾을 수 있다. 한바탕 소란을 피운 뒤 식구들이 다 나간 아침 시간 FM 라디오에서 흘러나오는 클래식을 들으며 마시는 한잔의 커피가 40대 주부의 '소확행'이 될 수 있고, 회사에 출근하지 않는 어느 일요일 추리닝 차림으로 하루 종일 뒹굴면서 게으름을 피우는 게 매일매일 생존경쟁 틈에서 마음의 기지개 한번 못 펴는 샐러리맨의 '소확행'이 될 수 있다. 편의점에서 단짝 친구와 좋아하는 아이돌 가수의 이야기를 하며 컵라면 먹는 게 대학입시라는 중압감을 어깨에 메고 학교에 다니는 학생들의 '소확행'이 될 수 있고, 친정엄마의 방문으로 잠시 집 근처 공원을 혼자 산책하는 게 24시간 육아에 시달리는 젊은 엄마의 '소확행'이 될 수 있다. 또한 하루 종일 일에 시달리며 부실한 점심식사를 한 어느 가장은 저녁 식탁 위에 오른 아내의 정성, 보글보글 끓는 된장찌개 냄새가 '소확행'이 될 수 있다. 결국 내가 즐거움을 느낄 수 있는 일을 찾아내 생활 속에서 실행에 옮기는 일이다. 그런 즐거움이 쌓이면 행복해진다. 어쩌면 '소확행'은 각박하고 노곤한 이 시대가 만들어 낼 수밖에 없는 신조어인지도 모른다.

도무지 신나는 일이 하나도 없다. 심신은 지칠 대로 지쳐 있고 오늘보다 나은 내일이 보이지 않는다. 내 집 마련도 어렵고 물가는 토끼 걸음인데 월급은 거북이 걸음이다. 육아, 출산, 취업, 노후대책 어느 것 하나 녹록지 않다. 그래서 반짝 사라질지 모르는 행복을 잡는 일이 무엇보다 중요하다. 그래야 숨통이 트이고 다시 희망을 바라볼 수 있으니까.

'소확행' 소소하지만 확실한 나만의 행복을 잘 누린다면 메마르고 억센 삶은 말랑말랑해지고 고분고분해질 것이다. 단순히 작은 행복을 누리는 것이 아니라 삶의 주인공이 바로 내 자신이 되는 일이다.

당신의 '소확행'은 무엇인가? 뜨거운 아메리카노와 티라미수 한 조각이라면 지금 당장 누려보자. 행복은 바로 옆에 있다.

저녁때
돌아갈 집이 있다는 것

힘들 때
마음속으로 생각할 사람 있다는 것

외로울 때
혼자서 부를 노래 있다는 것

14

HAPPY HERE NOW

그것이 알고 싶다

팬데믹 상황이 지속되며 카톡이 활성화되었다. 만나서 얼굴 보며 이야기하는 것보다 더 진솔한 이야기가 쏟아져 나오고는 한다. 어느 날 카톡에서 선배들의 남편 이야기가 한창이다. 정년퇴직한 지 오래되었고 70세를 넘었다는 공통점을 갖고 있는 세 선배의 남편들이다.

이 선배는 남편이 아닌 한 살 터울 언니와 사는 기분이라고 했다. 옷 욕심이 많은 언니는 동생이 새 옷을 산 날이면 귀신같이 알아채고 일찍 일어나 새 옷을 입고 회사로 내뺐다. 큰맘 먹고 산 새 옷을 자주 빼앗긴 동생은 새 옷을 살 때마다 다용도실에 숨기거나 뒷 베란다 빨래걸이에 빨래인 척 걸어 놓기도 했다. 그런데 그 기억을 되새김질할 일이 생겼다. 어느 날부터 남편이 이 선배의 옷을 흘금거리기 시작했다. 남녀공용인 청바지는 물론 지퍼 달린 티셔츠며 심지어 운동화까지. 이 선배가 나이 든 것을 어떡하든 감춰보려고 구입한 옷은 대부분 화사한 빛깔에 무늬도 화려하다. 젊은 날 남편은 남자다움을 잘못 이해해 늘 비 오기 직전의 하늘처럼 우중충한 회색 계통 옷만 입고 다녔다. 어느 날 이 선배가 밝은 핑크빛 셔츠를 선물했는데 무슨 바퀴벌레처럼 질색하며 뒷걸음질쳤다. 그랬던 남편이 오늘도 하와이 해변에서나 어울림직한 꽃무늬 셔츠를 입고 외출했다. 도대체 왜 이러는 거지?

최 선배의 글도 올라왔다. 최 선배는 남편이 아닌 수다스러운 여고 동창생과 사는 기분이라고 했다. 남편은 말이 많아졌고 슬쩍슬쩍 다른 사람 흉보기를 끼워 넣었다. '동네 편의점 주인은 갈 때마다 휴대폰을 들여다보고 있는데 그래서 제대로 장사를 하겠나? 게임회사 다닌다는 김 선생 딸내미는 치마가 왜 그렇게 짧은 거야?' 남의 집 딸 옷차림까지 잔소리하고 싶어 하고, 동창회 갔다 온 날은 동창들 흉을 보느라 평소 근엄한 표정이 사르르 풀어진다. '침묵은 금이다'라는 격언을 입증하기 위해 태어난 사람처럼 말이 없던 남편이 갑자기 왜 이러는 거지?

정 선배도 참여했다. 정 선배는 좀 과격한 신문사 정치부 객원기자와 사는 중이라고 했다. 오후 시간대는 대부분 종편에서 정치 관련 대담 프로를 내보낸다. 보통 생각이 다른 전문가팀이 나와 '이쪽이 옳다, 저쪽이 옳다' 하며 갑론을박하는 프로다. 거기에 남편은 요란하게 동참한다. 마치 함께 방송하는 사람처럼 이미 TV 속으로 들어가 있다. 자기와 생각이 맞는 패널한테는 "맞아, 그렇지" 하며 큰 소리로 힘을 실어주고 반대편 패널한테는 욕도 서슴지 않는다. 정치에 전혀 관심 없는 기계공학과 출신으로 평생 자동차만 살펴보고 살아온 남편이 대체 왜 이러는 거지?

세 선배는 달라져도 너무 달라진 남편을 내보이며 "그것이 알고 싶다!"라고 외쳤다. 바로 경쾌한 답변이 날아왔다. 갑자기 호기심 많은 초등학생처럼 도마뱀, 고슴도치 등 애완용 동물을 키워 집 안을 엉망으로 만든다는 역시 변한 남편을 둔 박 선배다.

"외로워서 그래. 더, 더, 더, 잘해줘…."

그것이 알고 싶다

"외로워서 그래. 더, 더, 더, 잘해줘…."

CHAPTER 02

행복한 사람이 행복한 사람을 만든다

행복은 사람을 통해서 온다

15

HAPPY HERE NOW

지금은 위로받고 싶을 때

요즘 트로트가 대세다. 그동안 트로트는 명절이나 되어야 씨름대회와 함께 TV에서 볼 수 있었다. 그런데 요즘은 TV만 틀면 트로트가 나온다. 그 중심에는 한 오디션 프로그램에서 진이 된 가수 '임영웅'이 있다. 오랫동안 우리는 악을 쓰듯 내지르는 큰 소리에 지쳐 있었는데, 비로소 이야기하듯 다정다감한 노래를 만나고 위로받기 시작했다. 그의 노래를 듣고 있노라면 마치 누군가가 내 언 손을 잡아주고 시린 가슴을 덥혀주고 퉁퉁 부은 발이 푹신한 털신 속으로 쏙 들어갈 때의 그런 편안함과 따뜻함을 느낀다. 우리가 그에게서 위로받는 건 비단 노래뿐만이 아니다. 그는 요즘 또래의 청년들이 놓치기 쉬운 아름다운 품성을 지녔다. 겸손과 배려와 진중함, 그리고 다양한 형태의 기부, 어려운 환경에서도 그런 덕목을 지녔다는 건 대단한 일이다.

몇 년 전부터 '금수저'라는 신조어가 우리 사회에 우울감을 던져 주고 있다. 부모의 힘과 재력으로 노력 없이 무임승차해서 누리는 삶을 사는 그들을 보며 평범한 젊은이들은 삶의 의욕을 잃고 좌절한다. 이런 상황에서 그는 어려운 여건에서도 꿈을 갖고 성실히 노력하며 선한 마음으로 살면 언젠가는 눈부시게 비상하는 날이 반드시 온다는 것을 보여줬다. 상식과 질서가 통하는 세상에는 희망이 있다. 그래서 그는 우리에게 또 다른 의미의 위로가 된다. 또한 그는 함께 수상한 선배 가수 '장민호' 등 6인과 더불어 우리가 잃고 사는 소중한 것이 무엇인지 깨닫게 해준다. 그들은 경쟁자다. 그러나 그들은 서로 격려하고 칭찬하고 상대의 잠재능력을 끄집어내서 높여 준다. 그들의 끈끈한 우정과 의리는 함께 가야 오래 갈 수 있다는 것을 보여주고 있다. 그들은 긴 무명시절을 겪으며 갈증과 결핍으로 포만감을 느껴 본 순간이 별로 없었을 텐데도 이제 비로소 받은 진수성찬 앞에서 허겁지겁 욕심을 채우지 않는다. 상대방의 빈 접시에 음식을 덜어주고 서로서로 맛있게 먹는 걸 지켜보며 미소 짓는 여유와 배려가 있다. 그들은 자신의 노래가 많은 사람에게 위로가 되고 있다는 사실에 기뻐하고 감사해한다. 그들은 한결같이 지극한 효심을 갖고 있다. 그래서 더욱 성실했다. 어려운 환경에서도, 앞이 보이지 않는 오랜 무명시절을 겪으면서도, 그들이 보여준 반듯한 삶의 자세는 그들의 노래와 함께 우리에게 위로와 감동을 준다. 다 갖춰진 상태에서, 그래서 행복하고 그래서 성공하는 건 누

구나 할 수 있는 일이다.

힘들게 코로나19를 견뎌낸 우리는 그 어느 때보다 '그럼에도 불구하고' 건강한 삶을 사는 사람들을 보고 싶다. 그래야 지치지 않고 위로받고 힘을 얻을 수 있으니까. 그들이 그 역할을 착실히 해내고 있다. 우리가 그들에게 열광하는 이유가 그동안 편견의 벽에 갇혀 있던 트로트의 매력을 알게 해주었기 때문이기도 하지만 무엇보다 젊은 그들이 보여준 삶의 태도다. 비록 TV 화면을 통해서이지만 위로받을 대상이 있다는 건 참으로 고마운 일이다.

16

HAPPY HERE NOW

나훈아와 임영웅

지난 추석은 좀처럼 기세가 꺾이지 않는 코로나19 때문에 고향 가는 걸 자제할 수밖에 없어서 명절다운 맛이 하나도 없었다. 그런데 쓸쓸하고 우울한 추석을 단번에 신바람 나게 만든 마법 같은 일이 벌어졌다. 바로 KBS에서 방영한 '대한민국 어게인 나훈아 콘서트' 덕분이다. 가수 나훈아는 코로나19에 지친 국민을 위로하기 위해서 출연료도 받지 않고 혼신을 다해 무대를 채워 나갔다. 그의 진정성과 열정은 국민을 매료시켰고 감동의 눈물을 흘리게 만들었다. 특히 그의 노래 '테스 형'은 폭발적인 인기를 끌었다.

'아, 테스 형, 세상이 왜 이래, 왜 이렇게 힘들어, 사랑은 또 왜 이래.' 그는 고대 그리스의 철학자 소크라테스를 이 시대로 소환했다. 사실 우리 모두가 묻고 싶은 질문이었다. 사는 게 너무 고달파서. 그는 대중의 마음을 알고 있었다. 그래서 위로의 한마당을 펼친 것이다. 참으로 고마운 일이다. 이번에 그는 인기 아이돌 그룹을 다 제치고 브랜드 평판 1위로 올랐다. 우리가 그를 사랑하는 이유는 어쩌면 그를 닮고 싶어서인지 모른다. 어디서나 누구한테나 소신 있게 행동하는 당당함. 빛나는 자존감, 남자다움을 보여주는 카리스마 리더십이 그에게 있다. 우리는 적당히 타협하고 무사안일주의로 하루하루 연명하고 불의에 무감각하다. 더구나 그 모든 걸 좀 더 수월하게 살기 위한 방법이라며 자기합리화까지 시킨다. 그래서 행복하지 않다. 내가 나로 살지 못하니까. 가수 나훈아는 우리가 잃고 사는 걸 갖고 있다.

가수 나훈아가 내가 닮고 싶은 사람이라면 가수 임영웅은 내 주위 사람이 닮았으면 하는 사람이다. 우리는 배려와 양보에 목말라 있다. 그래서 외롭다. 가수 임영웅을 보면서 우리가 위로받는 건 그가 그걸 갖고 있기 때문이다. 한 방송에서 그는 대선배와 화면에 투샷으로 잡힌 적이 있다. 노래하는 대선배 뒤에서 응원하는 모습이었는데 그는 투샷으로 잡힌 걸 보자마자 놀라서 바로 화면에서 사라졌다. 대선배 혼자 화면에 나오도록 맨 끝줄로 달려간 것이다. 혹시라도 키 크고 젊은 자신에게 시청자의 시선이 모일까 봐 염려해서 한 따뜻한 배려였다. 방송 중 선배 여가수가 구두를 벗고 춤을 추자 그 구두를 신기 편하게 가지런히 놓은 것도 그다. 결코 나대지 않고 느긋하게 자기 차례를 기다리고 소리 없이 양보하는 모습이 자주 눈에 띈다. 오랜 시간 그렇게 살아와서 이제는 자연스럽게 몸에 밴 듯한 그의 배려와 양보는 화면 곳곳에서 잡히고, 그걸 보면서 사람들은 자신이 그런 대접을 받는 것처럼 마음이 훈훈해진다. 내가 닮고 싶은 가수 나훈아는 내가 나로 살지 못하는 비겁함에서 벗어나려는 노력을 하게 만든다. 그의 모습이 너무 멋져서 용기를 내보고 싶어지기 때문이다. 또한 내 주위 사람이 닮았으면 하는 가수 임영웅은 사람에 대한 기대를 갖게 해서 오늘 나를 조금 덜 외롭게 해준다. 지치고 힘들어서 주저앉고 싶을 때 좋은 사람을 보면 사람과 삶에 대한 기대가 생겨서 다시 일어서게 된다. 결국 행복은 사람으로부터 온다.

17

HAPPY HERE NOW

임영웅과 김준수

친구 A가 편지 한 통을 내밀며 가수 임영웅에게 꼭 전해달라고 한다. 직업상 방송국을 자주 드나드는 내게 그를 만날 기회가 있을 거라고 기대하는 눈치다. A는 가수 임영웅의 찐팬이다. A는 그가 노래를 잘하는 건 기본이고 마치 고려청자를 빚듯 한 음 한 음 너무도 정성껏 부르는 데다 따뜻하고 선한 눈빛 그리고 바른 인성이 늘 보인다며 그를 통해 위로를 받을 수 있어서 더없이 행복하다고 한다. 편지 내용은 "우연히 방송을 통해 동료 가수로부터 '영웅이는 경우의 수를 많이 둔다'라는 말을 들었다. 그건 아무도 돌봐줄 사람이 없을 때 자기가 자기를 지키려고 하는 매우 힘들고 외로운 안간힘이다. 이제는 경우의 수를 두지 않아도 되니 30대 청년답게 즐기고 유쾌하게 살았으면 한다"는 것이었다. 보통 팬레터와 좀 다른 내용이었지만 진심이 느껴져서 가슴이 뭉클했다.

A는 학창시절부터 잔병치레가 심했다. 늘 여기저기 아팠다. 차라리 '어디 크게 한번 아프고 말지' 하며 A는 우울해했다. 주위 사람한테 위로와 관심은커녕 짜증 나게 하는 늘 아픈 애였다. 그런 A가 어느 날 친구들 모임에 햇빛 화사한 봄날 같은 표정으로 나타났다. A는 그날 '우리 영웅이'로 시작하는 말을 많이 하며 즐거워했다. 우리는 그날 그동안 친구에게 어떤 위로도 되지 못했다는 걸 반성했다. 친구들끼리 여행을 갈 때도 A는 늘 빠졌다. 행여 몸이 아픈 자신이 여행의 즐거움을 감소시킬까 봐 지레 겁을 먹고서 말이다. 그걸 알면서도 우리 중 누구도 같이 가자고 권하지 않았다. 우리의 이기심이 부끄러웠고 가수 임영웅에게 고마웠다. 우리가 해야 될 역할을 그가 해준 것이다.

친구 B는 가수 김준수의 팬이다. B가 그에게 처음 관심을 가진 건 노래하는 가수로서가 아니라 한 오디션 프로의 심사위원으로 활약할 때다. B는 그가 간절한 소망을 갖고 나온 오디션 참가자의 노래를 평할 때 그 간절함을 알고 있다는 게 보였다고 했다. 그래서 그의 심사평은 늘 조심스러웠고 겸손했고 응원의 말에 힘이 실렸다. 젊은 청년이 한 사람의 인생을 이해하고 공감하는 모습이 너무도 좋아서 가수 김준수의 팬이 된 내 친구 B. 어느 날 우연히 그가 주인공으로 나온 뮤지컬 '드라큘라'를 보게 되었다. 그날 B는 마지막 장면, 사랑하는 여자를 자신처럼 어둠 속에서 불행하게 살게 하지 않으려고 스스로 죽음을 택해서 관 속으로 들어가며 부르는 애절한 노래에 철철 울었다. 그 절절한 사랑이 고스란히 가슴에 박혀서 눈물을 흘리는 일 외에는 할 수가 없었다.

그날 이후 B는 가수 김준수의 찐팬이 되었고 그가 출연하는 뮤지컬은 빠지지 않고 보러 다니는 중이다. B는 연년생 아이 셋을 키우며 맞벌이를 하는 워킹맘으로 평생 살았다. B는 늘 자신이 두꺼운 갑옷을 입고 앞만 보고 달리는 전쟁터의 군인 같아서 사는 게 고달프다고 했다. 그런 B가 가수 김준수의 노래를 듣고 비로소 갑옷이 벗겨지고, 옆에 피어 있는 아름다운 꽃이 보이기 시작했고, 무엇보다 딱딱하게 굳어 있던 마음이 말랑말랑 부드러워졌다. 임영웅과 김준수 두 젊은 청년은 내 친구 A와 B에게 선물 같은 존재다. 참 고맙다.

그들의 노래를 듣고
비로소 갑옷이 벗겨지고,
옆에 피어 있는 아름다운 꽃이
보이기 시작했고,

무엇보다
딱딱하게 굳어 있던 마음이
말랑말랑 부드러워졌다.

18

HAPPY HERE NOW

윤여정과 안소니 홉킨스

올해 아카데미 시상식은 그 어느 때보다 열렬한 관심과 사랑을 받았다. 남우주연상은 영화 〈더 파더〉로 안소니 홉킨스가, 여우조연상은 영화 〈미나리〉로 윤여정이 수상함으로써 노인의 파워를 눈부시게 입증했다. 특히 우리나라 배우 최초로 아카데미 여우조연상을 받은 윤여정 씨는 나이라는 그늘에 짓눌려 무기력해지는 노인에게 '무엇을 시작하기에 늦은 나이는 없다'라는 자신감과 열정을 심어주었다. 그들은 자신의 꿈을 향해서 다시 움직이기 시작했고 꿈은 젊은이들만이 공유할 수 있는 특권이 아니라는 걸 알게 되었다. 프랑스의 철학자이며 생물학자인 '진 로스탠드'는 '사람이 뭔가를 추구하고 있는 한 절대로 노인이 아니다'라고 말했다. 2020년이 그동안 쌓은 경력을 바탕으로 사회 활동을 하는 '앙코르 시니어' 시대라면 2021년은 한 발짝 더 나아가서 은퇴 후 새롭고 창의적인 일을 하는 '시니어 노마드' 시대다. 이 시기는 절대로 자식에게 의존하지 않으며 자식을 위해 일방적으로 퍼주고 헌신하는 것도 멈춘다.

비로소 누구에게 얽매이지 않는 자유를 찾고 자신을 위해서 시간을 활용한다. 최고령 유튜버, 시니어 전문 모델, 사진작가, 소설가, 시인 등 새로운 유형의 시니어들이 나타나며 자신의 삶을 새롭게 디자인한다. 그러나 모든 노인이 긍정적인 해법을 찾는 건 아니다.

한 선배는 유치원생인 손자를 위해서 증여세가 면제되는 한도액만큼 손자의 이름으로 주식을 샀다. 무엇보다 안정성을 우선으로 주식을 선택했다. 손자가 대학교에 갈 때쯤이면 제법 큰돈이 되어서 학비에 충분히 보탤 수 있다는 상상으로 마음이 뿌듯했다. 그런데 철석같이 믿었던 주식이 계속 가격이 떨어져 30%의 손해가 발생했다. 선배는 매일 손실액을 계산하며 평범한 일상이 주는 여유와 행복을 잃어갔다.

한 친구는 매일 맞벌이를 하는 아들 내외에게 반찬을 만들어 갖다 준다. 시간이 남아도는데 자식을 위해서 아무것도 안 한다는 건 직무유기라고 생각했다. 냉장고가 넘치도록 반찬을 받는 아들과 며느리는 곤혹스럽다. 괜찮다고 해도 꿋꿋하게 반찬으로 애정을 표시하는 어머니가 부담스럽기까지 하다. 행복한 노인이 되려면 제일 먼저 자식으로부터 벗어나야 한다. 젊은 그들은 알아서 잘 산다. 정작 신경 써야 될 사람은 노인이 된 나 자신이다. 나 자신을 잘 챙기는 게 나와 주위 사람을 위하는 일이다. 노인이라 지칭하는 대상은

65세 이상 인구를 말한다.

노인 인구가 전체 인구 중 20%를 넘으면 초고령 사회라고 한다. 우리나라는 2026년 초고령 사회에 진입할 것으로 예상하고 있다. 노인 인구가 늘어가는 요즘 노인이 행복하고 건강해야 사회가 행복하고 건강하다는 말이 나오는 건 자연스러운 현상이다. 행복하고 건강한 노인으로 살려면 무엇이 있어야 할까? 배우 안소니 홉킨스와 배우 윤여정, 두 사람에게 그 해답이 있지 않을까 한다. 자신의 일을 즐기면서 열심히 하는 것. 만약 자신의 일이 없다면 찾아내서 열심히 즐겁게 하는 것. 노을의 나이 노인, 노을처럼 충분히 아름다울 수 있다.

자신의 일을 즐기면서
열심히 하는 것.
만약 자신의 일이 없다면
찾아내서 열심히 즐겁게 하는 것.
노을의 나이 노인,
노을처럼 충분히 아름다울 수 있다.

19

HAPPY HERE NOW

끝날 때까지 끝난 게 아니다

오랜만에 반가운 얼굴이 TV에 나왔다. 내가 쓴 일일시트콤에 출연한 탤런트 박원숙 씨와 이미영 씨다. 보통 일일극은 6개월 전후로 끝나기 때문에 출연자와 가까워진다. 남해의 아름다운 자연 풍경을 바라보며 두 사람은 힘든 상황에서 희망으로 다가가는 여정에 대해 담담히 이야기를 나눠서 감동의 깊이를 더했다. 누군가 우스갯소리로 '포기'란 배추 셀 때 외에는 아무짝에도 쓸모가 없는 단어라고 했다. 우리는 살아가면서 어느 순간 너무 힘들어 자신을 놔버리고 싶을 때가 있다. 그러나 우리의 삶은 끝날 때까지 끝난 게 아니다. 포기만 하지 않는다면.

얼핏 보면 억세게 운이 나쁜 여자가 있다. 갑자기 사랑하는 어머니를 잃고, 회사에서 해고당하고, 도둑이 들어와 어머니의 유품까지 몽땅 훔쳐간 사건이 발생한다. 거기다 결혼 3년 만에 파경을 맞고 어린 딸을 돌봐야 했기에 제대로 일을 할 수 없어 지독한 가난에 시달린다. 새 신발을 사줄 돈이 없어서 어린 딸의 발이 커질까 봐 걱정이 됐으니 그 형편이 오죽했을까. 마치 햇빛 한 줌 안 들어오는 어두운 장막을 친 삶과 같다. 주위 사람이 "저 여자는 절대로 행복할 수가 없을 거야"라고 수군거린다. 그러나 여자는 눈부시게 일어난다. 바로 해리포터 시리즈의 작가인 조앤 캐슬린 롤링이다. 그녀는 이렇게 희망을 이야기한다.

"바닥을 치면 두려울 것도 꺼릴 것도 없다. 다시 일어나서 나아갈 일만 있기 때문이다."

미래는 아무도 모른다. 미리 겁먹을 필요가 없다. 취직이 안 되어서 낡은 추리닝을 입고 동네 PC 방에 드나드는 이웃집 청년을 안쓰러운 또는 비난의 눈으로 볼 필요 없다. 그 청년이 나중에 무엇이 될지 아무도 모른다. 미국의 발명가 토머스 에디슨은 너무 멍청해서 가르칠 수가 없다고 초등학교에서 쫓겨났다. 농구황제 마이클 조던도 실력 부족으로 고등학교 농구팀에서 방출된 쓴 경험이 있고, TV와 적합하지 않다는 이유로 뉴스 앵커의 자리에서 강등당한 '토크쇼의 여왕' 오프라 윈프리도 있다. 아이들에게 꿈과 사랑을 심어주는 월트 디즈니도 상상력이 부족하고 독창적이지 못하다고 회사에서 강제퇴사 당한 적이 있고, 애플의 창업자 스티브 잡스도 젊은 시절 설립한 회사를 빼앗겨 한때 극심한 우울증에 시달렸다. 지금 당장 겉모습만 보고 사람을 함부로 평가해서도 안 되고, 계속 일이 안 풀린다고 절망감에 사로잡혀 주저앉아서도 안 된다. 9회 말 투 아웃에도 역전의 홈런을 날릴 수 있는 게 어디 야구뿐이겠는가. 나 자신을 믿고 포기하지만 않는다면 행복해질 기회는 얼마든지 있다. 행복은 메아리와 같다. "오세요, 오세요" 하면 온다.

20

HAPPY HERE NOW

손흥민

대한민국이 사랑하는 그가 나타났다. 그의 모습을 보니 순간 울컥했다. 안와골절 수술로 마스크를 쓰고 나타난 손흥민. 안와골절은 안구를 감싸고 있는 안와골이 외부 충격에 의해 부러지는 것을 말한다. 눈 주위의 뼈는 안구와 눈 속 근육을 보호하는데 이는 매우 얇고 섬세하여 작은 충격에도 쉽게 손상된다. 그럼에도 불구하고 그는 부딪히고 넘어지는 일이 다반사인 거친 경기 축구를 하기 위해 나왔다. 조국을 위해서. 한 치의 망설임 없이.

월드컵은 1930년 프랑스의 쥘 리메(Jules Rimet)의 제안에 따라 FIFA 주관으로 우루과이에서 처음 열렸다. 유럽의 4팀, 남미의 7팀, 북미 2팀이 참가했으며, 첫 번째 FIFA 월드컵 개최국이었던 우루과이는 우승도 함께 차지했다. 초기 월드컵은 대륙 간 장거리 여행의 어려움과 1939년 제2차 세계대전의 발발 등으로 인해 참가하지 못하는 국가들이 많았다. 종전 이후 1950년 제4회 월드컵 대회에 이르러서야 비로소 안정적으로 개최될 수 있었다.

우리는 기억한다. 국민 모두에게 첫사랑을 막 시작할 때의 설렘과 뜨거움과 환희를 안겨준 2002년 한일 월드컵 4강 신화를. 그때 우리는 행복했다. 너와 내가 아닌 우리로 서로를 포옹했다. 그 짜릿한 일체감은 우리를 단단히 결속시켰다. 월드컵은 단순한 운동경기가 아니라 아름다운 화합의 장이었으며 오색 폭죽이 팡팡 터지는 축제의 장이었다. 그 기억을 잊지 못해서였을까? 나는 2006년 독일 월드컵을 보기 위해 독일로 갔다. 우리나라는 토고, 스위스, 프랑스와 맞붙는 G조였다. 프랑크푸르트 중앙역에는 붉은악마를 비롯해 한국 교민, 유학생, 여행객 등 많은 태극전사 응원단으로 북적거렸다. 그들은 "대한민국"을 부르며 응원 분위기를 고조시켰다.

특히 그곳에는 미술을 전공하는 독일 학생들이 나와서 페이스 페인팅을 해주고 있었다. 대부분 자기 나라 국기를 뺨에 팔에 손등에 그려서 응원 도구로 삼았다.

"한국 사람들은 애국심이 남달라요. 다른 나라 사람들은 멋있게 예쁘게 그려달라고 하는데 한국 사람들은 대부분 정확하게 그려 달라고 해요. 태극기를 아주 소중하게 생각해요."

한 학생의 말에 자긍심을 느끼기도 했다. 그곳에서 나는 느슨하고 자유로운 관람객도 여행객도 될 수 없었다. 빨간 티셔츠에 태극마크가 찍힌 모자 등 응원 복장으로 다니기 때문에 많은 사람이 한

눈에 한국인임을 알아봤다. 한 사람 한 사람이 우리나라 대표선수일 수밖에 없는 상황이라 더욱 조심스럽게 행동했다. 즐거운 추억도 소환시켰던 이번 카타르 월드컵은 팬데믹 상황에서 오랜 시간 힘들었던 우리에게 위로와 용기와 즐거움을 주었다. 특히 손흥민 선수의 마스크 투혼은 가슴 뭉클하다. 한 기자가 이렇게 물었다.

"그 상태로 뛰는 게 힘들고 불안하지 않습니까?"

그가 대답했다.

"조국을 위해서 뛸 수 있다는 것만으로도 영광입니다."

결과가 있는 운동경기이지만 우리는 결과에 연연하지 않고 뜨겁게 응원만 하면 된다. 태극전사 26명 모두에게 박수를 보낸다.

21

HAPPY HERE NOW

기적의 드라마

대한민국의 손흥민이 달린다. 세 명의 포르투갈 수비수가 달려왔지만, 그의 무서운 질주를 막을 수 없었다. 그는 잠시 멈춰 섰다. 찰나의 순간 골의 방향을 잡은 그는 황희찬에게 패스했고 곧바로 환희의 골로 이어졌다. 2대 1 승리는 기적이었다. 그러나 기적은 저절로 오는 게 아니라 만들어지는 것이라는 걸 우리는 보았다. 피나는 연습, 선수들 서로에 대한 믿음, 꼭 이겨야겠다는 간절한 염원, 그리고 뜨거운 애국심 모든 게 어우러져 눈부신 기적을 만들었다.

아인슈타인은 '삶을 사는 데는 두 가지 방법이 있다. 하나는 기적이란 없는 듯이 사는 것, 또 하나는 모든 일이 기적인 듯 사는 것이다'라고 말했다. 매 순간 간절함으로 최선을 다하는 사람은 기적을 만든다. 중견 탤런트 A는 젊은 날 뜨겁게 무대를 갈망했지만 늘 오디션에서 떨어졌다. 삶의 의욕이 푹 꺾이면서 죽고 싶었던 그는 마지막으로 고향 집을 찾았다. 돌아가신 아버지가 마당 구석에 잔뜩 쌓아놓은 다양한 모양의 돌이 불쑥 눈에 들어왔다. 객지에 나간 자식들이 고향 집에 왔을 때 따뜻하고 편하게 머물다 갈 수 있게 단단한 돌집을 지으려고 모아 놓은 돌이었다. 평소 무뚝뚝해서 표현을 할 줄 몰랐던 아버지의 사랑이 거기 있었다. 그는 그 돌로 집을 짓기 시작했고 오랜 시간이 걸렸지만 작은 집을 완성했다. 그는 자신이 지은 집을 바라보며 다시 한번 희망을 품기로 했고 결국 원하던 무대에 설 수 있었다.

한 환자의 임종을 지켜보던 의사는 깜짝 놀랐다. 환자가 숨을 쉬지 않아 사망 선고를 하려는 순간, 다시 경미하게 뛰는 심장 소리를 들은 것이다. 바로 그때 한 여자가 병실로 뛰어 들어왔다. 미국 유학 중인 막내딸이 비행기가 연착되는 바람에 늦게 도착한 것이다. 그녀는 엄마 손을 잡고 울기 시작했다. 그때 환자의 눈에서 희미하게 한줄기 눈물이 흘러내리면서 숨을 거두었다. 막내딸을 기다린 어머니, 간절함은 기적을 만든다. 우리는 흔히 '여자는 약하지만 어머니는 강하다'는 말을 애용한다. 형편이 어려울수록 어머니는 더 강해진다. 자식들을 먹이고 입히고 가르쳐야 하니 강하지 않을 수 없다. 어머니가 고생하는 모습을 보고 자란 자식들은 대부분 효심이 깊다. 나는 대학에서 1학년 신입생을 처음 만날 때마다 '어머니'라는 주제로 에세이 한 편을 써오라고 한다. 글솜씨뿐 아니라 가정 형편과 심성까지 알 수 있기 때문이다. 학생들은 대부분 마지막을 이렇게 마무리한다.

'꼭 성공해서 어머니를 편히 모시고 싶다.'

그 간절함이 성공을 부른다. 작년 한 해 우리는 참으로 힘들었다. 마스크를 여전히 벗지 못하고 경제도 나빴다. 이런 상황에서 살아남았다는 것. 희망을 버리지 않고 묵묵히 앞을 향해 걷고 있다는 것. 이것이야말로 기적이 아니겠는가? 오늘도 기적의 드라마를 쓰고 있는 서로가 서로에게 이 말을 꼭 해야 할 것 같다.

"사랑합니다. 수고하셨습니다."

기적의 드라마

삶을 사는 데는 두 가지 방법이 있다.
하나는 기적이란 없는 듯이 사는 것,
또 하나는 모든 일이 기적인 듯 사는 것이다.

22

HAPPY HERE NOW

정 선생이 날마다 행복한 이유

한 동호회에서 알게 된 정 선생은 무릎 뼈가 서서히 무너져 내린다는 골괴사 진단을 받았다. 치료는 더 이상 진행되지 않게 노력하며 통증을 완화시키는 것뿐이란다. 정 선생은 그 분야의 명의라는 분을 찾아갔다. 아마 희망적인 이야기를 듣고 싶었을 것이다. 그런데 처방전에 진통소염제와 목발이 적혀 있었다. 무릎에 체중을 싣지 않기 위해 목발이 필요한 모양이다. 그날 밤 정 선생은 식들이 눈치채지 않게 욕실에서 수돗물을 틀어 놓고 울었다. 사는 게 만만치 않아서 한 번 울면 자꾸 울까 봐 그게 겁이 나서 안 운다는 그녀. 울고 싶을 때 울면 삼류, 울고 싶을 때 참으면 이류, 울고 싶을 때 웃으면 일류라는 농담처럼 그런 말도 했다.

우리 동호회 사람들은 가슴이 먹먹했다. 목발이라니. 정 선생의 유일한 취미는 등산이다. 심신을 상쾌하게 만드는 아주 기분 좋은 보약이라고 했다. 힘든 일이 있을 때마다 정 선생은 아름다운 자연과 만나면서 희망을 열매처럼 따 오고는 했다. 그런 정 선생이 이제는 등산을 할 수 없다니 그녀의 참담함이 손에 잡힐 듯 느껴져 마음이 아팠다. 그래서 부랴부랴 동호회 모임을 가졌다. 정 선생을 격려하기 위한 자리다. 그런데 우리의 예상과 달리 정 선생은 봄꽃처럼 화사한 얼굴로 나타나서 이런 말을 들려줬다.

"무릎 골괴사를 앓고부터 그동안의 모든 근심 걱정이 다 사라졌다. 무릎만 안 아프면 행복할 것 같다. 그렇다면 무릎 아프기 전에 나는 당연히 행복했어야 하는데 그렇지 못했다. 행복할 조건을 다 갖추고 있었는 데도 딴청을 부렸다. 꼭 이게 있어야 행복하다는 식으로 날마다 새로운 행복의 조건을 만들며 스스로 족쇄를 채우고 있었다. 얼마나 바보 같은 짓인가?"

우리는 평범한 것에는 결코 후한 점수를 주지 않는다. 느닷없이 불행이 찾아 왔을 때 비로소 그 불행의 잣대로 행복을 재는 버릇이 있다. 그때 깨닫는다. 너무 무난해서 시시하다고 눈 흘긴 어제가 더없이 행복한 날이었구나 하고. 그렇게 정 선생은 날마다 새롭고 감동적이기까지 하단다.

병원 가는 길에 그렇게 키 큰 나무들이 줄지어 서 있는 줄 몰랐다. 분위기 좋은 카페에 앉아서 커피를 마시며 창밖을 바라보는데 이 거리가 그렇게 예쁜 거리였나? 놀라웠다. 남편과 자주 가던 식당에 평범한 수제비가 왜 그렇게 맛있는지 감격스럽기까지 했다. 앞으로 자주 가지 못하고 자주 볼 수 없기 때문인 것 같다. 그래서 보는 것마다 새롭고 즐겁고 감동적이다. 아픈 무릎이 준 뜻밖의 선물이다.

정 선생의 긍정은 눈부시다. 우리는 조만간에 정 선생이 취미생활을 등산에서 다른 것으로 바꿀 걸 안다. 무엇이든 간에 정 선생의 건강상태에서 편하게 할 수 있고 그녀를 더 행복하게 만들 수 있는 것으로.

우리는 지금 행복할 수 있다. 바로 지금. 그런데 왜 무엇이 있어야 행복할 것 같다고 스스로에게 조건을 붙인 걸까? 행복은 의외로 쉽고 단순하다.

23

HAPPY HERE NOW

행복한 미영 씨의 비밀

참 이상한 일이다. 미영 씨는 하루하루가 행복한 표정이다. 사람들은 사는 모양새가 자신과 크게 다르지 않는 보통 사람인 미영 씨가 언제나 미소를 잃지 않는 이유가 궁금했다. 미영 씨의 행복한 비밀은 새해 소망에 있었다. 새해에는 많은 사람이 자신과 약속을 한다. 금연, 운동, 저축 등등 자신의 행복을 위한 마음 다지기다. 미영 씨는 새해에 자신과 아주 특별한 약속을 한다. 그건 바로 누군가의 마니또가 되는 일이다.

"구체적으로 한 사람을 정해서 1년 동안 애정을 갖고 지켜보며 그 사람이 좀 더 나은 생활을 할 수 있게 도와주면 내 행복도 쑥쑥 자라지요. 상대의 행복이 내 행복을 자라게 해주는 좋은 거름이 됩니다. 결국 다른 사람의 마니또가 되는 일은 나 자신의 마니또가 되는 일이라는 걸 알게 되었어요."

미영 씨는 그렇게 말하며 환하게 웃었다. 마니또의 규범 표기는 '마니토'인데 상대방이 눈치채지 못하게 비밀리에 수호천사가 되어주는 것을 말한다. 힘들 때 토닥여주고, 절실히 필요할 때 도움의 손길을 내밀고, 마주 보면 무조건 웃어 주고, 생일 등 특별한 날에 선물하는 것도 마니또가 주로 하는 일이다. 거창한 건 없다. 그냥 밝게 웃어 주는 것만으로도 상대방의 꽁꽁 언 마음이 녹여진다니 해 볼 만한 일이 아닌가? 누군가의 마니또가 되려면 먼저 그 사람을 바라봐야 한다. 우리는 매우 바쁘게 산다. 빨리빨리에 갇혀서 늘 허덕인다. 나 자신도 제대로 바라볼 수 없는데 누군가를 바라본다는 건 쉬운 일이 아니다. 그러나 세상을 바꾸는 대단한 일이 한 사람을 바라보는 일로 시작된다면 새해의 소망으로 품어볼 만하지 않은가?

남편의 마니또가 되기로 마음먹었다. 남편을 바라보니 비로소 남편의 양어깨에 얹혀 있는 가장의 무게가 보인다. 경마장의 말처럼 부양의 의무를 지고 앞만 보고 달려온 남편을 위해서 무조건 웃어 주는 일부터 시작해 본다.

아파트 경비 아저씨의 마니또가 되어 보니 아저씨가 왜 매일 도시락이 아닌 컵라면으로 식사를 하는지 알게 되었다. 도시락을 싸줄 아내가 병원에 입원해 있기 때문이다. 아저씨에게 따뜻한 집밥을 싸다 드린다. 물론 "아이 생일이라 음식을 좀 했어요" 하는 부담되지 않는 이유와 함께.

언제나 어두운 낯빛의 동네 세탁소 주인의 마니또가 되고부터 그녀의 친정어머니가 치매라는 사실을 알게 되었다. 작은 세탁소 안에서만 맴도는 그녀와 함께 팔짱을 끼고 조조 영화도 보러 가고 찜질방도 간다. 물론 혼자 가기 싫으니까 동행해 달라고 떼쓰며. 그녀의 표정이 조금씩 부드럽게 풀리는 걸 보면 참 좋다.

할머니와 단둘이 사는 소녀는 자신의 처지가 슬프다. 왜 나는 엄마 아빠가 없을까? 소녀의 마니또가 되기로 한 선생님은 미술에 재능이 있는 소녀에게 생일선물로 크레파스와 스케치북을 선물한다. 소녀는 자신의 생일을 알고 있는 선생님의 따뜻한 관심에 삶을 바라보는 시각이 달라진다.

함께 사는 사회는 매일매일 작은 기적을 만든다. 그런 기적이 쌓이면 우리가 꿈꾸는 좋은 세상이 된다. 모두가 행복해지는 세상, 그것의 첫걸음은 단 한 사람을 좋은 마음으로 바라보는 것이다.

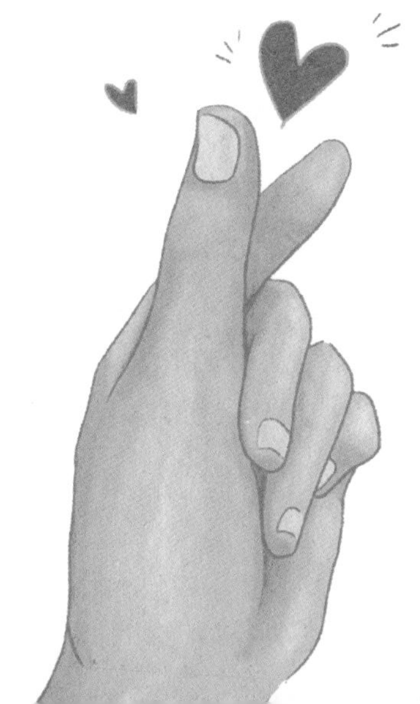

24

HAPPY HERE NOW

슈퍼맨만 영웅이 아니다

우리는 슈퍼맨, 원더우먼, 배트맨 등 영화 속 영웅들한테 열광한다. 그러나 영웅은 영화에만 존재하는 건 아니다. 한 대학교 바로 앞 순댓국집 주인은 욕쟁이 할머니로 소문이 나 있다. 그런데 단골로 드나드는 학생들은 할머니의 욕을 진한 순댓국 국물만큼 구수하다고 좋아한다. 할머니는 찌그러진 양은그릇에 방금 쪄낸 달걀 한 알을 넣어 무심한 듯 나무 상 위에 놓고 다닌다.

"오늘 내 생일이야."

다른 날은 "영희 생일이야" 또 다른 날은 "순이 생일이야" 한다.

"영희가 누구예요?"

"응, 있어. 내 동무."

할머니는 할머니만 아는 명분을 내세워 학생들이 부담을 느끼지 않게 한다. 먹어도 허기가 안 채워지는 청춘들은 따뜻한 달걀 한 알에 힘을 얻고 위로를 받는다. 그건 힘든 삶과 맞설 용기로 이어진다. 할머니는 등록금도 보태주고 약값도 내준다. "나중에 꼭 잘되어 갚아라" 하면서. 실연당해 울상인 학생 앞에는 순댓국에 청양고추와 고춧가루를 듬뿍 넣어서 갖다 준다. 실연을 이기는 건 매운맛이 최고라면서. 실연 한 번 안 당해 본 청춘은 청춘도 아니라며 등을 한 대 친다. 그러면 신기하게도 마음이 사르르 풀린다. 재도 얘도 당하는 실연이라니 그 공평함에 마음이 놓인다.

동네 입구에 찐빵 가게를 하는 주인 덕호 씨는 어둠이 조금씩 물드는 시간 저만치에서 퇴근해 돌아오는 김 선생을 본다. 그는 노모를 모시고 사는 딸부잣집 가장이다. 식구가 자그마치 아홉 명이다. 덕호 씨는 재빨리 팻말을 꺼내 세워 놓는다. '50% 세일.' 김 선생은 장사가 안 되는 이웃을 걱정하면서도 식구 수대로 찐빵을 살 수 있어 다행이라고 생각한다. 찐빵 봉지를 안고 가는 김 선생의 뒷모습을 보며 덕호 씨는 슬며시 미소 짓는다. 어머니가 좋아하는 찐빵을 매일 사서 들어가고 싶지만 그럴 수 없는 형편이다. 항상 맨 마지막으로 드시는 어머니인지라 식구 수대로 사 가야만 어머니가 찐빵을 드실 수 있어 늘 망설이는 김 선생을 덕호 씨가 알아본 것이다. 김 선생에게만 특별 세일하는 찐빵 가게.

고3 수험생 영우는 등교 시간에 서둘러 운동화를 신으려다 문득 그 옆에 놓인 아버지의 구두가 눈에 들어온다. 낡고 누런 때가 잔뜩 낀 구두. 자신의 운동화는 제법 값이 나가는 메이커다. 그러고 보니 아버지의 빛바랜 회색 코트는 얼마나 오래된 것인가? 초등학교 때부터 본 것 같다. 며칠 전 엄마를 졸라 산 오리털 파카가 갑자기 부끄러워진다. 영우는 지각을 하더라도 아버지 구두를 반짝반짝 닦아드리고 싶었다. 그러나 아무리 닦고 구두약을 칠해도 깨끗해지지 않는다. 이미 너무 낡았다. 갑자기 가슴이 뭉클해진다. 아버지라는 이름으로 스스로 짊어진 아버지의 삶의 무게가 느껴져서. 그날 영우는 아버지와 같은 이 땅의 아버지들에게 그 어느 날보다 정성껏 허리 굽혀 인사했다. 경비 아저씨, 택배 아저씨, 선생님들 매일 부딪히는 우리의 이웃, 그들이 진정한 영웅은 아닐는지….

25

HAPPY HERE NOW

전원일기 복길이

요즘처럼 외출을 마음대로 할 수 없는 상황에서 오래전 인기리에 방영된 드라마를 재방송하는 건 고마운 배려다. 특히 〈전원일기〉는 농촌 생활의 애환뿐만 아니라 한 울타리에서 사는 화목한 대가족의 모습과 동네 청년들의 아름다운 우정을 보여줘 시린 가슴이 참 따뜻해지는 드라마다. 어느 날 동네 부녀회에서 단체로 단풍놀이를 갔다. 사방에 고운 물이 들어 있는 단풍은 아름다웠고 모처럼 나들이는 즐거웠다. 복길이는 그곳에서 발달장애가 있는 한 소년을 만난다. 언제나 혼자인 외로운 소년은 자신을 살갑게 대해주는 복길이 누나를 졸졸 따라다닌다. 엄마는 딸 옆에 혹같이 붙어 있는 소년을 못마땅하게 생각하며 빨리 저 산 위로 단풍 구경을 가자고 재촉한다.

"단풍은 내년에도 볼 수 있어요."

복길이는 지금 무엇보다 중요한 건 그동안 무관심 속에 방치된 소년과 함께 있어 주는 일이라고 생각한다. 소년과 헤어질 때 복길이는 소년이 갖고 싶어 하는 조각칼을 선물로 준다. 며칠 후 소년과 소년을 돌봐주는 아주머니가 감사의 마음을 전하러 복길이 집을 찾아온다. 소년은 조각칼로 주위에 흩어진 나무토막으로 이것저것 만들었고 마침 그것을 본 조각가가 소년의 재능을 발견하고 제자로 삼은 것이다. 발달장애가 있는 소년은 평생 할 일을 찾은 것이다. 한 사람의 작은 관심이 그렇게 큰일을 해낸 것이다.

요즘 우리에게 절실히 필요한 게 바로 '관심'이 아닌가 한다. 지난 한 해 우리는 코로나19 때문에 그 어느 때보다 뜨겁게 함께 사는 법을 배웠다. 그 출발은 '관심'이다. 특히 혼자 힘으로 의사 표시조차 제대로 할 수 없는 어린아이들에게는 관심이 절실히 필요하다. 아프리카 속담에 '한 아이를 키우려면 온 마을의 사람이 필요하다'라는 말이 있다.

'이 추운 겨울에 왜 맨발일까?'

'왜 편의점 안을 들여다보며 저리 오래 서성일까?'

조금이라도 미심쩍은 부분이 있으면 이제는 다가가야 한다. 그냥 지나치거나 망설이는 게 죄짓는 일이라는 걸 이제 우리는 알게 되었다. 힘없는 노인들에게도 마찬가지다.

지하철 안에서 한 노인이 마주 앉은 아주머니의 장바구니를 오랫동안 바라보고 있다. 장바구니 밖으로 비쭉 나온 분홍빛 소시지는 요즘 어린 손자의 최애 밥반찬이다. 노인이 내리자 아주머니는 따라 내렸다. 그리고 소시지와 돈 3만 원을 건넸다. 노인에게서 지독한 허기를 발견한 건 두말할 것 없이 관심을 갖고 바라본 덕분이다.

다른 사람을 바라보는 일, 먼저 다가가는 일 그리고 손을 내밀어 주는 일. 무엇보다 시급하게 당장 우리가 해야 될 일이다. 이제 더 이상 우리의 무관심으로 누군가를 잃거나 불행에 빠트려서 안타까운 후회로 눈물을 흘리는 일은 없어야 한다. '관심', 올 한 해 우리가 지갑에 꼭 넣고 다녀야 할 '나는 사람이다'라는 또 다른 신분증이다.

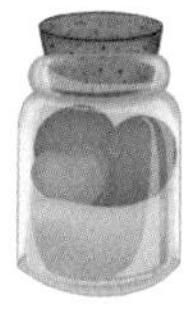

26

HAPPY HERE NOW

정직한 법칙

"선생님, 어떻게 3등 칸에 타셨습니까?"

"예, 이 기차는 4등 칸이 없어서요."

그는 노벨 평화상 시상식에 참석하기 위하여 아프리카를 떠나 파리까지 가서 거기서 다시 기차를 타고 덴마크로 갈 계획이었다. 그가 파리에 도착했다는 소식을 전해 들은 신문기자들이 취재를 하려고 그가 탄 기차 특등실로 몰려들었다. 그는 영국 황실로부터 백작 칭호를 받은 귀족이다. 당연히 특등실에 탔을 거라 생각했지만 그는 그곳에 없었다. 그는 병원을 세우고 당시 비참한 상태에 있던 아프리카 사람들에게 평생 헌신적으로 의료봉사를 한 슈바이처 박사다. 그는 유복한 가정에서 태어나 의사라는 직업이 아니더라도 평생 안락하게 살 수 있었지만 그는 특등실처럼 편한 곳보다 3등 칸처럼 자신을 필요로 하는 가난한 곳에 늘 있었다.

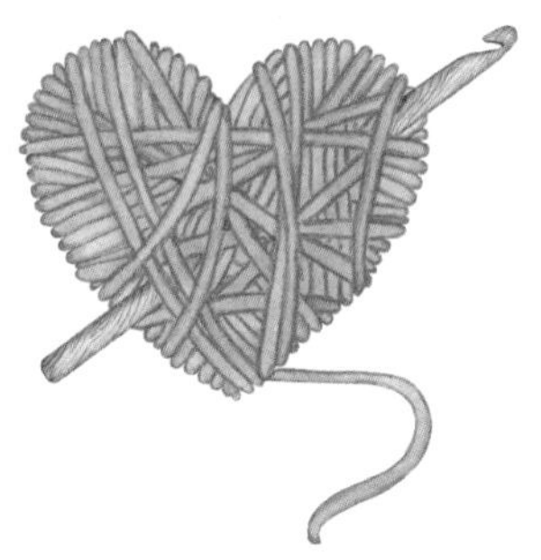

영국의 철학자 버트런드 러셀은 '행복은 다른 사람들도 행복해하는 모습을 보는 데 자신을 바치는 것이다'라고 말했다. 물론 누구나 슈바이처 박사처럼 될 수는 없다. 나를 헌신하면서 오직 다른 사람의 행복을 위해서 살기란 매우 어렵다. 하지만 생활 속에서 나의 말 한마디 또는 작은 행동이 타인을 행복하게 해 줄 수 있다면 어떨까?

한 사람이 집안에 힘든 일이 생겨서 온몸으로 우울을 표시하면서 걷고 있다. 그때 지나가던 이웃이 이렇게 말한다.

"자, 스마일! 당신은 웃을 때가 참 예뻐요."

그 말에 활짝 웃어 보니 마음이 밝아진다. 평상시와 다른 표정 변화를 알아챈 이웃의 관심이 있기 때문에 그는 다시 힘을 얻을 수 있게 되었다.

취업이 어려워 아르바이트로 버티고 있는 청년은 창밖을 보며 한

숨을 쉬고 있다. 그때 편의점 주인이 우유와 빵을 앞에 놔 주고 청년의 어깨를 몇 번 토닥인다. 청년 앞에 놓인 건 우유와 빵이 아니라 따뜻한 격려다. 청년은 허기를 채우면서 다시 희망을 본다.

회사일이 점점 힘들어진다. 부양의 의무를 지고 평생 경주마처럼 앞만 보고 달려야 하는 가장의 무게가 어느 날은 참 버겁다. 그때 양복 주머니에 뭔가 집힌다. 5만 원짜리 두 장과 하트가 그려진 작은 메모지가 들어 있다. 아내의 사랑으로 가장의 무게는 새털처럼 가벼워진다.

내 자신을 다 던지지 않아도 다른 사람을 행복하게 해 줄 수 있다. 겨우내 언 땅을 뚫고 연둣빛 새싹이 올라온 3월, 봄은 새로운 시작의 계절이다. 입학, 취직, 결혼 등 설렘과 기대가 있지만 두려움과 긴장도 있다. 낯선 곳, 새로운 사람들 틈에서 과연 내가 행복해질 수 있을까? 고개를 갸웃거리며 의심할 필요가 없다. 행복의 법칙은 의외로 정직하고 단순하다. 내가 원하는 걸, 내가 받고 싶은 걸 내가 먼저 상대방에게 주면 된다. 우리 모두 '자신 있게 행복하기'로 봄을 열어 보자.

행복의 법칙은 의외로
정직하고 단순하다.
내가 원하는 걸, 내가 받고 싶은 걸
내가 먼저 상대방에게 주면 된다.

27

HAPPY HERE NOW

이보다 더 좋을 수는 없다

한 체로키 노인이 자신의 손자에게 지혜로운 삶에 대해 가르치고 있었다. 그는 손자에게 말했다.

"인간의 마음 안에서는 늘 싸움이 일어난단다. 그것은 너무 끔찍한 싸움이어서 마치 두 마리 늑대가 싸우는 것처럼 대단하지. 하나는 매우 나쁜 놈인데, 이놈은 분노, 질투, 슬픔, 후회, 탐욕, 교만, 분개, 자기연민, 죄의식, 열등감, 거짓, 허영, 잘난 척하기 그리고 위선적인 자아를 가지고 있지. 다른 놈은 선한 놈이지. 이놈은 기쁨, 평화, 사랑, 희망, 친절, 선의, 고요, 겸손, 동정심, 관대함, 진실, 연민, 신뢰를 나타낸단다. 이런 싸움은 네 안에서도 일어나고, 모든 사람들의 마음에서도 일어난단다."

손자는 잠시 생각에 잠기더니 이윽고 할아버지에게 물었다.

"그럼 어떤 늑대가 이기나요?"

체로키 노인은 간단하게 대답했다.

"네가 먹이를 주는 놈이 이긴단다."

즉 내 스스로 선택한 쪽이 이기는 것이다. 우리는 전혀 다른 두 개의 자아가 부딪힐 때마다 선한 쪽이 이기기를 바라며 그쪽으로 마음을 둔다. 하지만 뜻대로 되지 않을 때가 있다. 사는 게 너무 숨이 차서, 가진 게 하나도 없어서, 그럴듯한 구실을 만들어 선한 쪽을 포기한 데 대한 자책감에서 벗어나려고 한다. 사실 너무 힘들면 적당히 타협하고 싶어진다. 그럴 때 건강하고 행복하게 사는 다른 사람의 모습을 보면 위기를 넘길 수 있다. 행복은 파급효과가 있다.

영화 〈캐치 미 이프 유 캔〉에서 '레오나르도 디카프리오'는 천재적 두뇌와 뛰어난 순발력으로 희대의 사기꾼이 된다. 나쁜 짓이라는 인식이 없기 때문에 멈추지 않는다. 마치 재미난 게임처럼 즐긴다. 그는 약혼을 위해서 연인의 집에 잠시 머무는 동안 하나의 풍경을 보게 된다. 바로 연인의 부모가 함께 저녁 설거지를 하는 뒷모습이다. 춤추듯 몸을 가볍게 흔들며 서로에게 살짝살짝 부딪히고 환하게 미소 짓는 그 모습이 너무 행복해 보인다. 언제나 갈등만 존재하던 자신의 집에서는 단 한 번도 볼 수 없었던 장면이다, 그 순간 그는 처음으로 죄의식 없이 저질러 온 사기행각을 멈추고 싶다는 생각을 한다. 짧은 순간이지만 그가 인간답게 제대로 살아보고 싶은 마음이 든 건 연인의 부모가 더없이 사랑하며 행복하게 사는 모습을 봤을 때였다.

우리는 살면서 많은 갈등을 겪게 된다. 오직 나만의 이익을 위해서 내 마음속에 나쁜 쪽의 늑대에게 먹이를 주고 싶을 때도 있다. 그 유혹은 너무 달콤해서 쉽게 벗어날 수 없다. 그럴 때 행복하게 사는 주변 사람의 모습을 보게 되면 정신이 번쩍 든다. 잠시나마 행복에서 멀어지는 일을 하려고 했던 게 부끄럽고 아찔하다. 이렇듯 우리가 행복하게 사는 모습이 서로에게 위로가 되고 힘이 되며 건강한 사회를 만든다. 내가 행복해서 내 주위의 사람들도 행복하게 만든다면 이보다 더 좋을 수는 없을 것이다.

행복하게 사는 모습이
서로에게 위로가 되고
힘이 되며 건강한 사회를 만든다.

내가 행복해서
내 주위의 사람들도
행복하게 만든다면
이보다 더 좋을 수는
없을 것이다.

28

HAPPY HERE NOW

누구나 그리움 하나씩은

드라마 〈전원일기〉 '전화' 편에서 김 회장네 집에 전화가 처음 들어온 날, 한밤중에 김 회장댁(김혜자 분)은 수화기를 들고 말한다. 울엄니 좀 바꿔달라고, 안 되면 말이라도 전해달라고, 막내딸이 아들딸 낳고 잘살고 있다고. 돌아가신 어머니와 통화할 수 없는 현실을 모를 리 없는 막내딸은 사무치는 그리움에 수화기를 들고 켜켜이 가슴에 쌓아둔 그리움을 애절하게 토해낸다.

그리움은 마음의 각질을 벗겨내고 부드럽게 만든다. 마음을 맑은 물에 한번 휘 헹군 것처럼 순하게 정화시킨다. 누구나 그리움 하나씩은 가슴에 담고 있다. 갑자기 쏟아지는 소낙비를 바라보며 갈 길을 걱정하고 있는데 어디선가 나타나 체크무늬 셔츠를 벗어서 우산을 만들어 주던 첫사랑, 가장 아끼는 무지개색 필통을 선물로 주고 "잘 있어" 울먹이며 전학 간 초등학교 짝꿍, 퇴근 후 항상 모락모락

김이 나는 만두 봉지를 들고 들어오시던 아버지. 그래서 동네 만두가게 앞에서 걸음을 멈추고 하늘을 올려다본 적이 몇 번이던가?

사람만 그리움의 대상이 아니다. 고향 마을 어귀 느티나무, 막내 이모에게 받은 첫 선물인 카메라, 노을 풍경이 아름다운 여행지에서 만난 작은 카페. 평범한 일상을 설탕가루 뿌린 것처럼 달콤하게 만드는 게 '설렘'이라면 '그리움'은 귀한 물건이 나만 아는 장소에 살짝 숨어 있는 것처럼 절로 미소가 번지게 하는 든든함과 따뜻함이 있다. 큰 수술을 받고 집에서 요양 중인 친구가 말했다.

"나는 스물둘의 내가 너무도 그리워. 그때 초록빛 수첩에는 워즈워스의 시 구절과 여행계획, 그리고 별자리의 전설이 가득 쓰여 있었어. 지금은 온통 돈과 관련된 숫자만 가득해. 그때는 별것 아닌 일에도 까르르 잘 웃고는 했는데 지금은 화를 잘 내. 무기력하고 무감각하고. 모든 게 신나고 새롭게만 보인, 너무도 예쁜 나이 스물둘의 내가 목이 타게 그리워."

친구는 울었다. 우리는 목표를 향해 늘 달리는 중이고 더 많이 갖기 위해 늘 높이뛰기를 하고 경쟁에 뒤지지 않기 위해 노력해야 한다는 강박관념 때문에 휴식이 불안하다. 도무지 한순간도 마음 편히 쉴 수가 없다. 그러는 동안 몸은 병들어 가고 마음은 돌덩이처럼 굳어진다. 행복할 시간도 없고 행복을 받아들일 준비도 되어 있지 않다. 지금이라도 틈틈이 휴식을 취하고 가끔 가슴에 담겨 있는 그리움을 꺼내서 들여다본다면 빡빡한 삶에 생기가 돌지 모른다.

고향 집 느티나무는 유년의 기억을 되살려준다. '나 잘살고 있나?' 스스로 점검하게 만든다. 돌아가신 아버지와 어머니에 대한 그리움은 옷깃을 여미게 한다. '그래, 힘들더라도 잘 해보자. 오늘보다 나은 내일이 있을 거야.' 멋진 자식이 되어 보고 싶어진다. 체크무늬 셔츠 첫사랑에 대한 그리움은 동네 전통시장 생선가게에서 달랑 동태 한 마리 사며 단골이란 이유로 덤 달라고 떼쓰는 나를 부끄럽게 만든다. 그런 날은 장바구니에 노란 프리지어와 안개꽃 한 묶음을 사서 담는다. 비릿한 동태 냄새를 덮는 향긋한 꽃향기. 그리움 참 좋은 감정이다.

29

HAPPY HERE NOW

단 한 사람

어느 날 동네 백화점에 갔다가 놀라운 광경과 맞닥뜨렸다. 층마다 놓여 있는 대형 테이블 위에는 티라미수 치즈 케이크 등 이름만으로도 충분히 달달한 최고급 빵과 다양한 주스 병이 가득하다. 누구나 무료로 먹을 수 있단다. 거기다 층마다 상품을 내건 다양한 게임이 진행되고 있다. 5층은 더욱 놀랍다. 판매 물품을 한쪽으로 몰아 놓고 중앙에 큰 공간을 만들었는데 사이키 조명과 신나는 음악이 쏟아지고 있다. 즐겁게 춤을 추라고 펼쳐 놓은 마당에 벌써 많은 고객이 유쾌하게 몸을 흔들고 있다. 백화점이 통 크게 쏘아 올린 고객을 위한 축제는 백화점 폐점 시간을 2시간이나 넘긴 오후 10시에 막을 내렸다.

그걸 기점으로 백화점이 확 달라졌다. 주말마다 4층 에스컬레이터 옆에서 작은 음악회가 열린다. 쇼핑을 하면서 현악 사중주로

'G선상의 아리아'도 듣고 매력적인 바리톤 음성의 '오 내 사랑 목련화'도 듣는다. 이제 그곳은 단순히 물건만을 파는 백화점이 아니라 설렘과 기대감을 주는 꿈의 궁전으로 바뀌었다. 인간관계와 장사의 공통점은 무조건 먼저 주면 다 잘된다는 것이다. 그 백화점은 늘 고객들로 북적거렸다. 어느 날 갑자기 확 달라진 분위기, 거기에는 새로 부임한 단 한 사람이 있었다.

그 호텔을 갈 때마다 뭔가 불편하다. 그건 바로 지나치게 깔끔한 직원들의 태도 때문이다. 흐트러짐 없이 단정한 자세로 고객이 질문할 때면 매우 간결하게 대답한다. 비즈니스로 자주 이용하는 사람들이 아니면 고급 호텔이 주는 분위기에 중압감을 느껴서 긴장할 수가 있다. 특히 호캉스를 위해 호텔을 찾는 젊은 아빠와 고생만 하시는 시골 부모님을 큰맘 먹고 호텔로 모신 효녀 딸한테는 더욱 긴장이 되는 장소다. 가족 앞에서 한 번쯤 대단한 아빠와 멋진 딸로 으스대고 싶은 마음이 있기 때문이다. 이런 경우 직원들은 더욱 친절하고 더욱 겸손해야 한다. 그런데 어느 순간 호텔의 분위기가 확 달라졌다. 독일 병정처럼 차렷 자세로 서 있던 직원들이 움직이기 시작했다. 친근감 있게 먼저 다가오고 질문에 대한 대답도 단답형에서 벗어나 고객의 눈높이에 맞춰서 다양하게 자세히 설명해 준다. 분위기가 밝고 경쾌해졌다. 총지배인이 바뀌고부터 일어난 일이다.

문학 선후배 모임인 동우회가 있다. 회원들이 점점 줄어든다. 이유는 재미가 없어서다. 대부분 그만 탈퇴하고 싶어 하는데 그나마 거기 가야 만날 수 있는 반가운 얼굴들이 있기 때문에 그럭저럭 유지가 된다. 임기 2년인 회장이 바뀌었다. 갑자기 회원들의 출석률이 좋아졌다. 회원을 위한 다양한 프로그램이 생기고 무엇보다 회장이 환한 미소로 회원을 반긴다. 선배한테는 손을 꼭 잡고 안부를 묻고 후배한테는 '힘든 일 있으면 꺼내놔 봐' 하는 듯 어깨를 감싸 안는다. 어디서 이런 환대를 받아 볼 수 있을까 싶게 회장은 진심으로 다가온다. 백화점 기획실장이, 호텔 총지배인이, 동우회 회장이 한 사람 바뀌었을 뿐이다. 그런데 모든 건 확 달라졌고 사람들은 행복해지기 시작했다. 단 한 사람이 그렇게 중요하다. 그런 한 사람이 내가 될 수 있다.

CHAPTER 03

행복과 사랑은 단짝이다

행복은 사랑이 있는 곳에 찾아온다

30

HAPPY HERE NOW

사랑의 힘

친구가 큰 수술을 한 남편의 건강을 위해 시골 마을로 이사를 갔다. 서울을 떠나면 못 살 것 같았는데 새 소리 들으며 눈을 뜨고, 숲 냄새를 맡으며 산책하고, 밭에서 바로 따온 호박과 풋고추로 된장찌개를 끓이니 이보다 더 좋을 수 없다며 만족을 표시했다. 어느 날 친구 집을 방문했다. 자연의 향기가 그대로 느껴지는 한옥 거실 한가운데 놓인 장식장에는 집에서 담근 빛깔 고운 과실주가 여러 병 들어 있었다. 의사 진단이 나오자마자 친구의 남편은 술을 끊었다. 그런데 친구는 직접 술을 담그고 거실 한가운데 술병을 쭉 진열해 놓은 것이다. 이유가 있었다. 몸은 아프고 평생 좋아한 술은 한 방울도 마실 수 없고 그래서인지 남편은 어깨가 축 처져 있는 게 영 사는 낙이 없어 보였다. 그래서 친구는 궁리 끝에 술을 담그기 시작했다. 남편은 아침저녁으로 술병을 들여다보며 비록 눈으로 마시는 술이지만 평생 벗이 찾아온 것처럼 생기가 돌았다. 오직 남편 기분을 위해 힘들게 여러 종류의 과실주를 담그는 친구.

요즘은 동네 문화센터에서 다양한 강의를 해 골라 듣는 재미가 쏠쏠하다. 그중 인기 있는 기타 강습반은 노인이 하기에는 무리가 있다. 같은 자세로 오랫동안 앉아 있어야 하고 손가락도 매끄럽게 움직여야 한다. 그런데 여든이 다 된 할아버지 한 분이 수강신청을 하고 아주 열심히 배운다. 아내의 생일날 '금지된 장난 중 로맨스'를 들려주기 위해서다. 무릎 수술을 받고 외출이 자유롭지 못한 아내가 어느 날부터 눈에 아무것도 담고 있지 않다는 걸 느낀 할아버지는 가슴이 철렁했다. 하늘을 보면 하늘이 눈에 있어야 하고 바다를 보면 바다가 눈에 있어야 하는데 아내는 그저 멍하기만 하다. 아무 감흥이 없다는 건 삶의 의욕이 없다는 것이다. 할아버지는 아내를 일으켜 세우기 위해 프러포즈할 때 연주한 곡을 다시 들려주려고 한다. 비록 아름다운 그 시절로 돌아갈 수는 없지만 아내의 눈빛이 다시 반짝이며 살아나길 소망하면서 누구보다 열심이다.

북한강변 '물의 정원'에 길게 뻗은 산책로는 강과 산을 동시에 볼 수 있어 인기가 좋다. 자전거를 타고 지나가다 보면 늘 같은 시간에 두 여자가 손을 꼭 잡고 산책로를 걷고 있다. 서로를 분이와 순덕이라고 부르며 웃기도 하고 벤치에 앉아 보온병에 담긴 차를 나눠 마시기도 한다. 얼핏 다정한 친구 사이로 보이지만 엄마와 딸이다. 치매에 걸린 엄마는 가장 행복했던 시절 열여섯 분이로 돌아가 있고 딸을 동네 친구 순덕이라고 생각한다. 칠순인 엄마가 "순덕아, 저 꽃 예쁘다" 하면 서른여덟 딸이 대답한다. "분이야, 저 하늘도 참 예쁘다" 그러면서 서로 마주 보고 웃는다.

누가 사랑을 우유처럼 유효기간이 있다고 했는가? 사랑의 본질은 변하지 않는다. 표현 방식이 달라질 뿐이다. 사랑은 기대가 들어 있기 때문에 늘 어렵다. 그런데 쉬우면 어디 사랑이겠는가? 무지개도 15분 이상 뜨면 더 이상 무지개가 아니듯.

사랑의 본질은 변하지 않는다.
표현 방식이 달라질 뿐이다.

31

HAPPY HERE NOW

설렘의 미학

누군가를 사랑하면 세상이 달라 보인다. 평범한 일상은 금가루를 뿌린 것처럼 반짝반짝 빛나고 오늘의 하늘은 이미 어제의 하늘이 아니다. 모든 게 새롭고 경이롭다.

시장 가는 길은 늘 마음이 무겁다. 항상 싸고 좋은 물건을 사기 위해서 물건 더미에 손을 넣고 어항 속 유선형 물고기처럼 손을 바쁘게 움직인다. 학창시절 원대한 꿈을 갖고 배운 경제원론 첫 페이지, '최소의 투자에 최대의 효과'를 허름한 재래시장 한 귀퉁이에서 이렇게 열렬히 적용하게 될 줄은 몰랐다. 그래서 좀 서글프다. 그런데 어느 날 시장 입구 길모퉁이에 예쁜 찻집이 생기면서 상황이 달라졌다. 그 앞을 지날 때마다 솔솔 새어 나오는 진한 향의 커피 냄새가 발걸음을 멈추게 하면서부터이다.

대학에 입학하면서 부모의 부담을 덜어 드리기 위해 아르바이트를 시작했다. 하루 종일 서서 햄버거를 파는 일은 쉽지 않다. 즐거움만 가득할 줄 알았던 젊은 날이 조금씩 지쳐 가고 있을 때, 학교 앞 작은 옷가게에 걸린 원피스를 발견했다. 마치 나를 위해 만든 옷 같다. 월급에서 조금씩 떼어 모아 그 원피스를 사기로 마음먹었다. 그 순간부터 아르바이트가 힘들지 않았다.

이러한 경험은 다르지만 한 가지 공통점이 있다. 바로 '설렘'이다. 설렘은 굳어 버린 가슴을 뛰게 만들고, 지친 삶을 윤기 있게 만드는 마법의 가루다. 행복 레시피는 사람마다 다르다. 어떤 이는 클래식이 들어가야 하고, 어떤 이는 미술관 순례가 들어가야 하고, 어떤 이는 누군가를 위한 봉사가 들어가야 한다. 그런데 누구에게나 빠지지 않고 꼭 들어가는 게 '설렘'이다.

가슴이 설레면 살맛나는 세상이 되고 행복해진다. 우리는 설렘에 관해 한 가지 큰 오해를 하고 있는데 그것은 설렘을 느끼려면 반드시 대단한 걸 기다리고 가져야 한다는 것이다. 설렘을 갖기 위해서는 크고 많은 게 필요하지 않다. 잠자리 들기 전 읽다 만 책을 덮을 때 내일 나머지 부분을 읽을 생각을 하니 마음이 설렌다. 집안일 하면서 매일 듣던 라디오에 엽서를 보냈다. 남편 생일에 꼭 들려 달라고 음악신청과 사랑한다고 힘내라고 짧은 사연을 적었다. 그날을 기다리며 라디오를 듣는데 가슴이 뛴다. 어느 날 사는 게 너무 무료해 낯선 번호의 버스를 탔다. 한 번도 걷지 않은 새로운 길을 걸었다. 초록색 들판의 바람은 향기롭고 엉성하게 서 있는 허수아비에

속는 참새도 귀여웠다.

삶이 무료하다고 느낀 게 얼마나 큰 교만인가. 다시 낯선 번호의 버스를 타고 익숙한 거리로 돌아왔다. 참 신기한 일이다. 익숙한 거리가 반갑고 설렌다. 잠시 떨어져 있었을 뿐인데 세상은 탐구할 것도, 가슴 설레게 할 일도 아주 많다. 그만큼 행복할 일이 남아 있으니 산다는 것은 분명 신나는 일이다.

누군가를 사랑하면
세상이 달라 보인다.
오늘의 하늘은 이미
어제의 하늘이 아니다.
모든 게 새롭고 경이롭다.

32

HAPPY HERE NOW

영원한 짝사랑

부모는 자식을 사랑한다. 내리사랑의 본질은 짝사랑이다. 엄마는 초등학교를 졸업하는 아들을 위해 꽃다발을 만들었다. 직장생활에 바빠 아들을 챙기지 못했고 졸업식 날도 함께하지 못하는 미안함을 작은 꽃다발에 담았다. 담임선생님 것까지 만드느라 꼬박 밤을 새웠다. 며칠 후 졸업사진을 보는데 엄마는 한 여자아이가 들고 있는 꽃다발이 눈에 익었다. 아들은 선생님께 드려야 할 꽃다발을 좋아하는 여자아이한테 날름 바친 것이다.

엄마는 장을 보고 나오다 상가 비디오 가게에 흰 종이가 붙어 있어 무심히 봤다. 비디오를 빌려 가 돌려주지 않는 고객 명단에 아들 이름이 있었다. 게으름과 무책임의 상징인 이런 곳에 내 아들 이름이…. 엄마는 놀라 가게 안으로 뛰어들어갔다. 주인은 연체료 3만 원을 내면 지워준다며 오죽하면 이랬겠느냐고 오히려 하소연했다.

엄마는 바로 돈을 갖다 드릴 테니 이름 석 자 중 한 자만이라도 지워달라고 매달렸다. 주인은 종이를 뗐다. 엄마의 간절함을 봤기 때문이다. 엄마한테는 흙탕물 한 방울도 튀지 않기 바라는 너무나 소중한 자식들 이름이기 때문이다.

엄마는 평소 잘 먹지 않는 큰딸이 이것저것 해달라며 엄마 음식이 최고라는 바람에 음식 만드느라 바쁘다. 김치만두는 반드시 신김치로, 잡채는 소고기로, 콩국수는 국내산 콩으로 음식마다 '반드시'로 강조되는 주문이 있었다. 어느 날 작은딸이 귀띔해준다. 언니 남자친구가 자취를 하는데 시골 엄마 음식을 그리워할 때마다 언니가 엄마한테 만들어 달라고 한 것이란다. 그러고 보니 밑반찬이 빠르게 없어지는 것도 다 이유가 있었다.

"그 오빠가 공부하느라 얼굴이 많이 상했다고 걱정해, 언니가."

기막혔다. 그 오빠는 걱정하면서 저희 먹여 살리느라 힘든 아버지 걱정은 안 되나? 그러나 엄마는 아무 말 없이 밑반찬 양을 늘렸다.

아버지는 술을 끊었다. 술을 좋아하는 아버지는 그날도 친구들과 술을 마시고 밤늦게 귀가 중이었다. 눈 내리는 겨울밤 노래까지 흥얼거리며 걸어가는데 저기서 아내가 아들을 업고 뛰어오는 게 보였다. 아내는 맨발이었고 네 살 아들은 자지러지게 울었다. 아들은 펄펄 끓는 가마솥에 왼발이 빠졌다. 응급실행이었는데 아버지는 자기 몸 하나 가누기 어려운 처지라 보고만 있을 수밖에 없었다. 여차하면 자식을 업고 뛸 정도는 돼야 한다며 그날 이후 아버지는 술을 끊었다.

엄마는 수술실 앞에서 맨바닥에 무릎 꿇고 기도한다.

"제가 대신, 저를 대신."

엄마는 간절한 소망을 위해 자신의 중요한 뭔가를 내놓아야 할 것 같았다. 엄마는 한 치의 망설임 없이 목숨을 내놓는다. 우리에게는 부모가 있다. 든든하고 감사하다. 시간이 없다고, 돈이 없다고 나중에 하며 미룰 것인가. 도톰하고 따뜻한 수면 양말 5켤레에 만원, 인터넷 쇼핑 5분이면 된다. 뭐든 아주 작은 것이라도 시작해야 한다. 늙은 부모는 어느 날 사라진다. 효도하기 가장 좋을 때는 바로 지금이다.

33

HAPPY HERE NOW

슬기로운 부부생활

요즘 이상하게 부부싸움을 많이 하게 된다는 말을 자주 듣는다. 코로나19 때문에 재택근무, 외출 자제 등 아무래도 부부가 같이 있는 시간이 많다 보니까 부딪히는 시간도 그만큼 늘어나는 듯하다. 그래서인지 친구들과의 대화에서 그걸 지혜롭게 극복하는 경험담도 자주 나온다.

남편이 집에 있는 시간이 늘면서 스트레스가 쌓이는지 갑자기 말이 많아졌다. 그러나 아내는 반대로 생활의 리듬이 깨져서 예민해 있는지라 말하기가 귀찮아졌다. 남편은 대꾸를 제대로 하지 않는 아내에게 자기 말을 무시한다고 화를 내고, 아내는 말이 많은 남편 때문에 피곤해진다. 궁리 끝에 아내는 책방으로 달려가 시집 서너 권을 샀다.

"처음 우리 만났을 때 당신은 문학청년처럼 순수했어."

과연 그랬나 미심쩍은 추억까지 소환해서 남편을 기분 좋게 한 다음 시집을 내밀었다. 말하고 싶을 때마다 큰 소리로 시를 낭송하면 어떨까 하는 아내의 바람대로 남편은 집 안에서 시를 읊고 다닌다. 스스로 격상된 기분을 느끼는지 눈빛도 순하고 따스하게 바뀌었다. 덕분에 다툴 일이 줄어들었다.

TV 리모컨 쟁탈전으로 하루도 편할 날이 없다. 아내는 가수 임영웅의 노래를 들어야 사는 맛이 나고 남편은 시사 프로를 보며 감놔라 대추 놔라 참견을 해야 스스로 존재가치를 느낀다. 결국 서로 TV 보는 시간을 정했다. 만일 상대방이 TV 시청 권한이 있는 시간에 꼭 내가 보고 싶은 프로가 생기면 시청료를 만 원 내고 양보받기로 했다. 단순한 약속이 평화를 불러온 게 신기할 정도다. 가끔 만 원을 버는 재미도 쏠쏠하고 어느 날은 그 만 원으로 찐빵과 만두를 사 와서 함께 맛있게 먹기도 한다.

집 안에서 무료해하는 남편을 위해 아내는 요리를 가르치기로 했다. 처음에는 단순히 시간 잘 보내기로 선택했는데 남편도 한두 가지 제대로 된 음식을 만들 줄 알아야 된다는 데 생각이 미쳤다. 어느 날 문득 거울을 보니 주름이 자글자글 흰머리가 촘촘한 노을의 나이다. 평생 부양의 의무를 지고 앞만 보고 달려온 남편이 혼자 남더라도 라면만 끓여 먹게 할 수 없는 노릇 아닌가? 그래서 더 열심히 가르쳤다. 처음에 남편은 새로운 걸 배운다는 게 재미났다. 그런데 참 만만치 않은 게 음식 만들기다. 이 힘든 걸 평생 편하게 받아먹기만 했다는 게 문득 미안하다. 그래서 아내의 젖은 손을 잡아 본다. 순간 부부는 가슴이 뭉클해진다. 서로에게 고맙다는 걸 느낀 순간이다.

힘든 시기에는 당연히 짜증이 나고 짜증은 그냥 두면 언덕을 굴러 내려오는 눈덩이처럼 점점 커진다. 그래서 상대방을 할퀴게 되고 결국 상처를 준다. 지혜가 필요하다. 가장 쉬운 게 칭찬이다. 칭찬은 고래도 춤추게 한다지 않는가. 세수도 안 하고 부스스한 모습으로 소파에 앉아 있는 남편에게 잔소리 한마디쯤 하고 싶은데 꿀꺽하고 칭찬을 던진다.

"당신 오늘 멋지네. 장동건 눈빛을 닮았어."

단지 눈이 크다는 이유로 대배우 장동건을 소환한다는 게 가당치 않아서 눈빛을 선택했다. 남편은 기분이 좋은지 싱글벙글한 표정으로 비로소 몸을 움직여 세수하러 간다. 즐거워서 즐거운 게 아니다. 힘들기 때문에 더 즐거워야 한다.

34

HAPPY HERE NOW

엄마의 잔소리

아이들은 엄마의 잔소리를 먹고 자란다. 엄마의 잔소리에는 자식이 잘되기를 소망하는 간절함이 담겨 있지만 자식들 대부분은 엄마의 잔소리에서 가능한 한 멀리 달아나고 싶어 한다. 엄마의 잔소리가 그리울 때는 엄마가 곁에 없을 때다. 어느 날 카톡 선후배 방에서 엄마의 잔소리에 관한 이야기로 지난 시간을 반추하고 있었다. 신기하게도 엄마의 잔소리는 이 집 저 집 비슷하다.

'오늘 먹고 싶은 냉면은 오늘 먹어라.'

먹고 싶을 때 먹어야 가장 맛있는 냉면을 먹을 수 있다. 귀찮아서 또는 시간이 없어서 등등의 이유로 다른 날 냉면을 먹는다면 그저 평범한 보통의 맛이 된다. 오늘 누릴 수 있는 기쁨을 내일로 미루지 말라는 뜻이다.

'현관에 전신거울을 놓아 두어라.'

허겁지겁 출근 시간에 쫓겨 집을 나설 때, 전신거울로 자신의 모습을 비춰보면 무엇이 문제인지 바로 알 수 있다. 조화로움은 외모를 가다듬는 주요 조건이다. 이 선배는 젊은 날 입사 동기 중 외모도 준수하고 실력도 있는데 양복바지 밑으로 알록달록한 잠옷 바지가 삐져나와 그 사람의 장점을 다 덮어버린 안타까운 일을 기억하며 엄마의 잔소리 중 전신거울을 으뜸으로 꼽았다.

'집 근처에 편하게 나가서 즐길 수 있는 만만한 장소 하나는 만들어 놔라.'

김 선배는 엄마의 잔소리를 그냥 흘려보낸 것 중 이것을 가장 아쉬워했다. 집에 있는 시간이 많아지자, 남편은 무료함을 냉장고 점검으로 지워보려는지 툭하면 냉장고 문을 열고 엄격한 기숙사 사감처럼 이것저것 지적을 했다. "채소 칸에 왜 소시지가 들어 있냐? 이건 유효기간 이틀이나 지났다" 등등. 김 선배는 남편과 부딪히지 않으려고 집 밖으로 나오기는 했지만, 딱히 갈 데가 없다. 기껏 슈퍼마켓이나 책방을 한 바퀴 돌면 끝이다. 집 근처에 아무 때나 가서 즐길 수 있는 나만의 친숙한 장소 하나 만들지 못한 걸 후회했다.

'똑같은 물건을 두 개 갖고 있지 마라.'

그렇다고 기쁨이 두 배가 되는 게 아니다. 오히려 하나를 갖고 있을 때보다 그 물건의 가치에 둔감해진다. 주변 사람에게 하나는 선물하면 된다.

'수입의 일정액을 남을 돕는 데 사용해라.' 나로 인해 누군가가 희망을 본다면 얼마나 근사한 일인가?

‘문밖에 발자국 소리가 들리면 무조건 쌀부터 씻어라.’ 내 집에 온 손님은 정성을 다해 대접해야 한다.

‘YES는 편안하게 해도 되나, NO는 정성껏 해라.’ 아무리 하찮은 부탁이라도 상대방의 마음을 다치지 않게 거절해야 한다.

‘생활 속의 좋은 습관은 성공의 지름길이다.’ 정리정돈 잘하기, 옷 바로바로 걸어놓기 등 작은 걸 잘하면 큰일도 잘할 수 있다.

‘식탁 위에 반찬 통째 놓지 마라.’ 편한 게 가족이지만 제대로 대접해야 한다.

‘인스턴트식품 자주 먹지 마라.’ 몸도 약해지고 참을성도 없어진다.

‘적금 하나쯤은 꾸준히 들어라.’ 재미와 희망 두 마리 토끼를 잡을 수 있다.

‘친구가 산 물건에 대한 평가를 요구할 때는 무조건 잘 샀다고 해라.’ 이미 산 것이다.

‘무엇보다 살아 있다는 게 가장 큰 축복이다. 매사에 감사해라.’ 엄마의 잔소리는 따사로운 햇살, 달콤한 바람과 같은 성장의 자양분이다.

엄마의 잔소리는
따사로운 햇살,

달콤한 바람과 같은
성장의 자양분이다.

35

HAPPY HERE NOW

이제는 시작해야 될 때

한 아이가 구세군 냄비 주변을 잔뜩 긴장된 표정으로 서성대고 있다. 그러다 어느 순간 쑥스러움을 참아내며 구세군 냄비 안에 돈 천 원을 넣고 쏜살같이 달아났다. 누군가를 돕는 데도 작은 용기가 필요하다는 걸 깨달은 날이었다.

어느 날인가부터 새댁은 동네 입구에서 가래떡을 구워 파는 할머니가 눈에 들어왔다. 새댁은 아침마다 보온 통에 뜨거운 대추차를 가득 넣어서 할머니께 갖다 드렸다. 저녁에 보온 통을 가지러 갈 때마다 할머니는 "신랑이랑 같이 먹어"라는 말과 함께 가래떡 2개를 줬다. 퇴근해 들어온 신랑과 함께 조청에 찍어 먹는 가래떡은 달고 고소했다. 마치 신혼의 나날처럼. 누군가를 위한 배려는 바로 내가 행복해지는 일이었다.

남편은 매일 국화꽃을 사 들고 들어왔다. 아내는 생활에 찌든 남편이 여유와 낭만을 되찾은 듯해서 기뻤다. 그런데 남편은 일주일 내내 국화꽃을 사왔다. 아내는 그 이유를 물어봤다.

"회사 앞에서 한 아주머니가 어린 아들을 데리고 국화꽃을 팔고 있어서 그냥 사 왔어."

아내는 남편의 '그냥'이라는 말을 바로 이해했다. 무관심과 추위에 떨고 있는 모자를 외면할 수 없어 국화꽃을 사준 것이다. 조금이라도 빨리 따뜻한 집으로 돌아가게 하기 위해서. 그날 아내는 평범한 남편이 그 누구보다 위대해 보였다.

젊은 엄마는 어린이집에 다니는 딸아이를 위해서 제법 비싼 돈을 주고 유명 메이커 털 구두를 샀다. 늘 아이한테만은 최고를 선물하고 싶었다. 어느 날 아이를 데리러 간 어린이집에서 신발장을 보게 되었다. 뽐내듯 서 있는 아이의 윤기 나는 털 구두 옆에 낡은 운동화가 놓여 있었다. 그 순간 왠지 부끄러웠다. 다음 날부터 엄마는 어린이집에 가는 아이한테 운동화를 신겨 주었다.

행복으로 가는 지름길은 따뜻한 '배려'와 내 것을 조건 없이 내주는 '나눔'이다. 돈이나 물건 등 물질로만 나눌 수 있는 건 아니다. 내 시간과 내 행복도 나눠 줄 수 있다. 다른 사람과 나눠 가질 수 있는 게 의외로 많다. 내 주변 사람들이 행복해질 때 내 행복도 언덕에서 굴러 내려오는 눈덩이처럼 커진다.

한 해가 저물어 가고 있다. '1년 동안 잘 살아왔나?' 점검해 보는 시점이기도 하다. 승진이나 예금 통장의 늘어나는 숫자가 아닌 다른 잣대를 꺼내 보면 어떨까? 과연 나는 좋은 사람으로 살아왔나?

'자선을 행하지 않는 인간은 아무리 굉장한 부자일지라도 맛있는 요리가 즐비한 식탁에 소금이 없는 것과 마찬가지이다.'

『탈무드』에 나오는 말을 생각해 보면 답을 찾을 수 있을 것 같다. 좋은 사람으로 마무리할 시간이 아직 남아 있다.

36

HAPPY HERE NOW

첫사랑을 위해 축배를

망각은 신이 인간에게 내려준 최대의 선물이다. 절망적인 일, 괴로운 일, 상처받은 일 등 결코 한 줌의 빛도 들어올 수 없을 것 같은 어둠의 긴 터널도 시간이란 명약 앞에서는 단지 통과하면 끝나는 지나간 일일 뿐이다. 그래서 인간은 늘 희망을 품을 수 있고 그것이 살아가는 힘이 되기도 한다. 하지만 예외라는 것도 있다. 시간 싸움에서도 늘 승리하는 영원한 기억, 바로 첫사랑이다.

'첫사랑의 기억은 그 부피가 너무 두꺼워 결코 망각의 서랍 속에 들어갈 수 없다'는 말도 있지 않은가. 처음 느껴 보는 찬란한 감정 그곳에는 순수함, 애틋함, 새로움, 절실함 모든 것이 녹아 있다. 그래서 첫사랑은 예술작품의 단골 소재가 된다. '첫사랑' 앞에서 사람들은 늘 감동할 준비가 돼 있기 때문이다.

엘리아 카잔 감독, 워렌 비티(버드 역)와 나탈리 우드(윌마 역)가 열연한 영화 〈초원의 빛〉에서는 처음이라 너무 서툴러 제대로 표현하지 못해 갈등하고 상처받고 돌아선 첫사랑이 있다. 세월이 흘러 결혼한 버드를 찾아간 월마, 한 나무 끝에 버드가 서 있고 반대편 나무 끝에 월마가 서 있다. 둘은 오랫동안 서로를 바라본다. 이제는 다시 돌아갈 수 없는 시간의 강이 그들 앞에 놓여 있다. 그 위에 윌리엄 워즈워스의 시 '초원의 빛'이 흐른다.

'초원의 빛이여, 꽃의 영광이여 다시는 그 시간이 돌아오지 않는다 해도 서러워하지 말지어다. 그 손길이 간직한 오묘한 힘을 찾으소서.'

'오타루'를 명소로 만든 이와이 슌지 감독의 감성 영화 〈러브레터〉에 여주인공 히로코의 간절한 외침, "잘 지내나요. 오늘도 당신이 그립습니다." 이미 2년 전에 죽었지만 약혼녀인 히로코의 가슴에 여전히 살아 있는 연인 이츠키. 영화 〈건축학개론〉이 사랑받은 이유도 첫사랑이 풋풋하게 때로는 감미롭게 녹아 있기 때문이다. 관객은 그 영화에서 젊은 날의 자신의 모습을 보고 생존 경쟁터에서 잔뜩 경직되고 주눅든 가슴이 따뜻하고 부드럽게 풀리는 경이로움을 맛보았을 것이다.

첫사랑이 아름다운 것은 이뤄지지 않아서가 아니라 처음의 사랑이라 머리가 아닌 가슴으로 하기 때문이다. 우리가 살면서 머리가 아닌 가슴으로만 할 수 있는 일이 얼마나 될까. 우리는 늘 계산하면서 산다. 그래서 더욱 외로운지도 모른다.

황순원의 소설 『소나기』와 알퐁스 도데의 『별』 두 작품은 소년과 소녀의 첫사랑을 날카로운 키스처럼 선명하게 우리 앞에 펼쳐 놓아 가슴을 떨리게 만든다. 『소나기』의 시골 소년은 몸이 아파 휴양하러 서울에서 전학 온 소녀를 사모한다. 그동안 자기와 허물없이 어울린 또래의 소녀들과 사뭇 다른 외모와 분위기를 지닌 소녀 앞에서 수줍어한다. 어쩌면 잠자리 날개 같은 파르르한 떨림과 어디론지 숨어버리고 싶은 수줍음이 첫사랑으로 가는 징검다리의 첫 돌인지 모른다.

알퐁스 도데의 『별』은 프로방스 지역의 양치기 목동이 주인집 어여쁜 딸 스테파네트를 사랑하는 한 편의 서정시 같이 아름다운 이야기다. 함께 어깨를 기대고 밤하늘을 바라보며 별에 관한 이야기를 하며 목동은 어쩌면 인생이란 자신이 상상하고 있는 것보다 훨씬 더 멋지고 아름다운 건 아닐까 생각한다.

첫사랑을 가슴에 담고 사는 건 어쩌면 그 상대가 그리워서라기보다 그 상대와 함께한 젊은 날이 그리워서인지도 모른다. 현실이 힘들고 남루할수록 더 돌아가고 싶은 젊은 날, 그래서 첫사랑은 마음속에 품고 있는 작은 손거울 같은 존재는 아닐까. 눈 오는 날 혹은 비 오는 날 한 번쯤 꺼내 호호 불어 닦고 들여다보면 아, 그곳엔 너무도 아름답고 눈부신 내 젊은 날이 있다. 그런 날이 있다는 것만으로도 삶의 위로와 격려가 된다.

캐럴과 함박눈, 그리고 군밤이 있는 12월은 첫사랑이 더욱 그리워지는 달이다. 첫사랑, 가장 빛났던 내 젊은 날의 추억에 건배.

37

HAPPY HERE NOW

내가 나로 사는 시간

이 선배가 위암으로 6개월 시한부 선고를 받았다는 소식에 평소 가깝게 지내는 선후배들이 충격에 휩싸여 달려갔다. 뭐라고 위로의 말을 건넬지 우리가 먼저 슬픔에 휩싸여 쩔쩔맸다. 그런데 이 선배는 꽃처럼 활짝 웃으며 우리 모두 유한의 삶을 사는데 정리할 시간을 주니 오히려 고맙다고 했다. 그러면서 자신의 버킷리스트를 소개했다. 바로 '내가 나로 사는 것.' 제일 먼저 노란 프리지어 한 다발을 사서 장바구니에 꽂을 거라고 했다. 호박, 양파, 고등어 한 마리 등 저녁 찬거리에 프라지어 한 다발이 들어가면 자질구레한 생활이 담긴 장바구니가 바로 화사한 꽃바구니로 바뀔 텐데 그걸 못 해봤다고 했다.

과수원집 막내딸인 이 선배는 웃음이 많았고 종달새처럼 재잘재잘 다양한 이야기를 어찌나 맛깔스럽고 재미있게 풀어놓는지 늘 주변 사람을 즐겁게 했다. 거기다 이 선배는 매우 낭만적이었다. 언제나 깔끔한 흰빛 린넨 식탁보와 작은 꽃병과 장미 한 송이를 가방에 넣고 다녔다. 여행 중 만난 바닷가 낡은 철제 테이블에 린넨 식탁보를 덮고 장미 한 송이가 꽂힌 꽃병을 놓고 커피를 마시면 비릿한 어촌 바닷가가 아름다운 지중해로 변했다. 벽지가 찢어진 허름한 식당도 이 선배식 치장을 하면 품격 있는 레스토랑으로 바뀌었다. 우리는 낭만이 생활의 고단함을 벗겨낸다는 걸 이 선배를 통해서 배웠다.

그런데 이 선배는 결혼과 동시에 달라졌다. 이 선배의 남편은 아내의 낭만과 이야기를 천박하고 쓰잘머리 없는 시간 소모라고 외면했다. 이 선배의 남편은 모든 걸 돈이 되는 일과 안 되는 일로 구분했다. 어느 날 이 선배는 모처럼 큰맘 먹고 산 갈치가 상한 듯해서 바로 시장 생선가게로 달려갔다. 주인은 생선 냄새라고, 이 선배는 상한 냄새라고 한 치의 물러섬 없이 싸웠다. 그러다 갑자기 목이 콱 막혔다. 갈치 한 마리 때문에 상대방 머리카락이라도 잡을 기세로 거칠게 싸우고 있는 자신. 돌아오는 길목에서 이 선배는 무릎을 꿔고 울었다. '나 어디 있지?' 병든 이 선배는 '내가 나로 사는 시간'을 선포했다. 우리는 눈물을 참으며 박수로 격려했다.

과연 내가 나로 사는 사람이 몇이나 될까? 어른 잘 모시는 종갓집 맏며느리, 아이들 성적에 집중하는 극성스러운 엄마, 입사 동기 중에 항상 먼저 승진하는 일 잘하는 업무부 김 과장, 가족의 행복을 위해서 늘 경마장의 경주마처럼 달리는 아버지, 태어나면서부터 효자여야만 하는 가난한 집안의 장남, 내 이름 외에 다른 이름을 갖게 되면 내가 나로 살 수 없다. 잠시 남의 옷을 빌려 입어도 불편하고 어색한데, 내가 나로 살 수 없다는 건 지독하게 외롭고 쓸쓸한 일이다. 천문학자가 되고 싶었다면 천체 망원경을 한 대 사서 하늘의 별을 실컷 보는 일부터, 시인이 되고 싶었다면 시집 몇 권 사는 일부터, 말랑말랑하고 부드러운 마음을 잃어서 안타깝다면 매달 아주 로맨틱한 영화 한 편을 보면서 황량한 마음 밭에 작은 꽃씨를 뿌려주는 일부터. 순간순간이라도 '내가 나로 사는 법'을 찾는다면 그만큼 행복해질 수 있지 않을까?

순간순간이라도
'내가 나로 사는 법'을 찾는다면
그만큼 행복해질 수 있지 않을까?

38

HAPPY HERE NOW

사랑받아 행복한 날, 영화 속 프로포즈

영국의 낭만파 시인 셸리는 '서풍에 부치는 노래'에서 '겨울이 오면 봄도 머지 않으리'라는 말로 아름다운 희망을 이야기했다. 어느새 추운 겨울이 지나가고 계절의 여왕인 5월이 시작되었다. 꽃과 햇살이 눈부신 5월은 결혼하기 좋은 달이다. 요즘은 결혼하기 전에 반드시 화려하고 개성 있는 프로포즈를 한다. 레스토랑을 통째로 빌리기도 하고 친구들이 동원되기도 하고 바쁜 예비 신랑 대신 프로포즈를 준비해주는 이벤트 회사도 있다. 결혼 전 프로포즈가 마치 사랑의 양을 측정하는 정확한 저울이 된 듯하여 씁쓸하다. 알맹이보다 겉치레만 중시 여기는 풍토가 오랜 추억으로 남을 사랑의 가장 적극적인 표현인 프로포즈까지 침범한 느낌이다. 결코 과시용으로 요란스럽지 않고 소박하지만 감동을 선사할 수 있는 프로포즈야말로 많은 예비 신부를 행복하게 해주는 가슴 설레는 선물이 아닐는지….

많은 사람이 현실에서 이루지 못하고 있는 것을 영화에서 찾으며 대리만족의 즐거움을 느낀다. 영화 속에서는 참으로 다양한 빛깔의 프로포즈가 존재한다. 영화 속 프로포즈 하면 가장 먼저 떠오르는 영화가 〈러브 액츄얼리〉의 '스케치북 프로포즈'다. 크리스마스를 5주 앞두고 조심스레 사랑을 시작하는 10쌍의 연인들에게 초점이 맞춰져 있다. 로맨틱하고 유쾌하고 유머러스하고 달콤 쌉쌀하고 눈물겨운 사랑이 다양하게 펼쳐져 있다. 그중 친구의 신부를 짝사랑하는 남자가 사랑의 고백을 적은 도화지를 한 장 한 장 넘기며 말없이 자기 마음을 드러내는 장면이 있다. 아무리 훌륭한 웅변이라도 남자 주인공의 침묵 속 고백을 못 따라갈 듯하다. 절절한 진심이 느껴지기 때문이다.

영화 〈스텝맘〉의 '실타래 프로포즈'도 있다. 여주인공인 줄리아 로버츠의 손가락에 실을 매어주고 그 실을 따라 매끄럽게 미끄러져 내려가는 반지가 여주인공의 손가락에 쏙 들어간다. 얼마나 낭만적이고 기발한가? 영화 〈빅 피쉬〉에서는 남자주인공 이완 맥그리거가 사랑하는 여자 알리슨 로먼이 황금 수선화를 좋아한다는 걸 알고 미국 전역을 뒤져서 황금 수선화를 구해와 앞마당을 가득 장식한다. 수선화가 바람에 흔들리는 모습이 마치 마음을 받아달라는 간곡한 손짓 같기도 하다.

영화 〈귀여운 여인〉은 백만장자이면서 고소공포증이 있는 리차드 기어가 거리의 여자인 줄리아 로버츠를 사랑하게 된다. 줄리아 로버츠 역시 리차드 기어를 사랑하게 되고 그의 곁을 떠난다. 사랑하기 때문에 떠난다는 통속성을 한 방에 부순 건 오픈카를 타고 꽃다발을 흔들며 줄리아 로버츠의 낡고 초라한 집으로 달려가는 리차드 기어의 박력이다. 한 손에 꽃을 들고 어렵게 철제 사다리를 올라가 프로포즈하는 장면에서 관객들은 탄성을 지른다. 고소공포증과 신분의 차이를 뛰어넘은 사랑의 위대함을 봤기 때문이다.

영화 〈당신이 잠든 사이〉에는 안타까운 오해와 엇갈림이 있었지만 결국 남자 주인공이 여주인공 산드라 블록이 일하는 지하철 매표소에 가족 모두와 함께 찾아가 매표소 구멍에 반지를 넣으며 프로포즈한다. 가족의 지지와 신뢰를 받는 프로포즈는 또 얼마나 감동스러운가?

평범한 남자 주인공 휴 그랜트와 슈퍼스타인 여자 주인공 줄리아 로버츠의 사랑을 그린 영화 〈노팅힐〉은 서정적인 수채화 같은 작품이다. 런던 노팅힐에서 작은 서점을 하는 남자 주인공은 변화를 두려워하고 소심한 성격이다. 그러던 어느 날 우연히 여주인공이 서점에 들르게 되고 서로 서서히 사랑을 느낀다. 그러나 소심남인 남자 주인공은 신분의 차이를 극복하지 못하고 돌아선다. 하지만 영국을 떠나기 전 여주인공의 인터뷰 장면을 보고 한걸음에 달려간다. 사랑을 포기할 이유는 오직 사랑이 사라져버렸을 때뿐이라고 느낀 남자 주인공 휴 그랜트는 인터뷰 장소에서 공개 프로포즈를 하는 용기를 보여준다.

이렇듯 프로포즈 방법은 다양하지만 '진심'과 '용기'를 다해서 '상대가 원하는 것'이라는 공통점을 갖고 있다. '어떤 방법'으로 프로포즈하는가보다 '어떤 마음가짐'으로 하는가가 중요한 건 말할 것도 없다. 흔히 무릎을 꿇고 장미 다발이나 반지를 바치는 경우가 많은데 무릎만 꿇었지 상대방에게 가는 마음은 고개 숙여 겸손하지 않다면 무슨 소용인가?

39

HAPPY HERE NOW

아이 러브 카레라이스

중학교 1학년 때 첫 가사실습 메뉴는 카레라이스였다. 카레라이스의 완성도 따위에는 관심이 없었다. 그저 딸기가 그려진 앞치마를 입고 요리를 한다는 게 마치 엄마가 된 듯해서 즐거웠다. 그날 저녁 집에서 카레라이스를 만들었다. 학교에서 배운 걸 복습한다는 차원에서. 그런데 일을 크게 벌린 건 엄마였다.

엄마는 신바람이 나서 우리 딸이 요리한다고 이모들과 외삼촌한테 전화해서 저녁 식사하러 오라고 한 것이다. 드디어 저녁상이 차려지고 나는 긴장된 표정으로 내가 만든 첫 음식에 대한 평가가 어떻게 내려질까 좌중을 둘러보았다. 첫 숟가락을 뜬 가족 친지의 모습은 한결같이 '아이코, 이게 뭐람?'이었다. 카레 가루를 따뜻한 물에 미리 잘 개어서 부어야 하는데 나는 그냥 카레 가루를 솔솔 뿌린 것이다. 나는 잔뜩 주눅이 들어서 상황을 모면할 길을 궁리하고 있는데, 그 순간 가족의 맏딸로서 강력한 리더십을 가지고 있는 엄마의 한마디가 막 불만을 터뜨리려는 식객들을 잠재웠다.

"아, 맛있다. 맛있어. 오랜만에 본토의 맛 그대로 먹어 보네."

엄마는 맛있어 못 견디겠다는 표정으로 연방 "아, 맛있어"를 연발했고, 식구들도 그 분위기에 휩쓸려 별말 없이 카레라이스를 다 먹었다. 막내 이모만이 "이건 아닌 것 같은데…" 했지만 엄마가 레이저처럼 강렬한 눈빛을 발사하자 "자꾸 먹다 보니 괜찮네"로 바뀌었다. 조카가 요리한다고 먼 데서 택시까지 타고 와 혓바닥이 아리게 쓴 카레라이스를 먹고도 말 한마디 못한 이모들과 외삼촌이 떠나자 엄마는 내게 제대로 된 카레라이스 만드는 법을 가르쳐주었다.

"그래도 간이 딱 맞는 게 첫 솜씨치고는 아주 좋았어. 카레 가루만 잘 갰다면 최고였을 텐데. 다음부터 넌 최고의 카레라이스를 만들 수 있을 거야."

칭찬은 고래도 춤추게 한다던가? 어떤 경우라도 딸을 믿어주고 격려해 주는 엄마가 있어서 나는 자신감을 잃지 않았다.

대학 시절 만난 첫사랑 그 남자는 가난했다. 그는 자신이 사랑하는 여자가 시끌시끌한 분식집에서 99원짜리 쫄면이나 통만두를 먹는 것보다 분위기 좋은 레스토랑에서 라흐마니노프의 피아노 협주곡을 들어야 좋아하는 낭만파라는 걸 너무 빠르게 감지했다. 그래서 그 당시 우리 학교 근처에 유일한 레스토랑 '멕시코'로 나를 잘 데리고 갔다. 분위기는 딱 내 스타일이었지만 나도 내가 사랑하는 남자가 가난하다는 걸 잘 알고 있었다. 그래서 나는 내가 먹고 싶은 것보다는 가장 값이 싼 걸 골랐다. 그게 카레라이스였다.

어느 날은 슬쩍 "아르바이트해서 월급 받았어, 아빠가 어제 용돈을 듬뿍 주셨네" 하며 내가 음식값을 지불하겠다는 표현을 우회적으로 해 보았지만 가난하기에 더욱 자존심이 강한 그는 모른 척했다. 나는 그의 자존심을 다치게 하고 싶지 않아서 "여기처럼 카레라이스가 맛있는 데는 이 지구상에 없을 거야. 스테이크는 정말 형편없어. 겉은 새까맣게 타고 속은 안 익어서 벌건 피가 나온다니까." 다소 과장법을 써 가며 말했다.

첫사랑 그 남자는 다소 미심쩍은 얼굴로 나를 살피다가 내가 정말 맛있게 카레라이스를 먹는 걸 보고는 안도했다. 하지만 카레라이스는 내가 아주 싫어하는 음식이었다. 카레라이스를 먹은 날은 집에 와서 여러 번 양치질을 하고 물을 병째로 벌컥벌컥 들이마시고는 했다. 그래서 식구들은 내가 첫사랑 그 남자와 데이트 한 날을 알아챘다. 집안일을 봐주는 영희 언니는 "에이, 바보. 다른 데 가자고 해" 했지만 나는 그럴 수 없었다. 나는 그의 기분을 훼손시키고 싶지 않아 줄기차게 카레라이스만 먹었다. 사랑은 그렇게 위대했다.

결혼해서 첫 임신. 남편은 너무 좋아서 벌린 입을 다물지 못했다. 당시 남편이 제일 많이 했던 말이 "뭐 먹고 싶어? 먹고 싶은 거 없어?"였다. 남편은 입덧을 하는 아내를 위해 한밤중에 뛰어나갈 준비가 되어 있었고 그렇게 하고 싶어 안달이 나 있었다. 그러나 나는 입덧을 하지 않았다. 특별히 먹고 싶은 것도 없었고 구토증세도 없었다.

그런데 어느 날 밤, 거짓말처럼 문득 카레라이스가 먹고 싶었다. '이게 무슨 조화람. 그렇게 싫어한 음식인데… 이게 입덧인가?' 내가 카레라이스를 먹고 싶다고 하자 남편은 부리나케 밖으로 뛰어나갔다. 밖은 영하의 매섭게 추운 날씨였고 그보다 한밤중에 어떻게 카레라이스를 구해 온단 말인가? 그런데 남편은 구해왔다.

"자, 어서 먹어."

남편이 양은냄비 뚜껑을 여는 순간 무슨 일인지 갑자기 카레라이스는 다시 지구상에서 제일 싫은 음식이 돼 버렸다. 하지만 나는 열심히 먹었다. 남편을 위해서.

당신보다 더 딸을 사랑하며 당신의 마지막 한 방울까지 쥐어짜서 딸에게 주려 했던 어머니의 사랑, 저 멀리 아프리카 북소리처럼 아련하지만 가슴 젖게 했던 첫사랑 그 남자, 그리고 처음 만난 그 눈빛 그 마음 그대로 한결같이 아내를 지켜주는 남편의 사랑. 모두 카레라이스에 녹아 있다. 아이 러브 카레라이스.

40

HAPPY HERE NOW

어머니의 커피, 여행을 떠나다

현대인의 기호 식품 중 으뜸으로 꼽히는 커피에 관해 나는 특별한 기억을 갖고 있다. 그림을 전공한 어머니는 집안 꾸미기를 좋아했다. 부엌 창에 걸려있는 물방울무늬 커튼과 벽에 걸려있는 그림들은 늘 우리 집을 방문한 사람들의 시선을 모았고 곧 "어디서 산 거냐?"라는 질문으로 이어졌다. 그러나 그것들은 모두 어머니의 작품이었다. 물방울무늬 커튼은 원래 식탁보였고 벽에 걸려있는 그림들은 어머니가 멋진 풍경을 볼 때마다 사진으로 담아 와서 그린 것이었다. 재치 있는 어머니는 어느 것 하나 허투루 버리지 않고 재활용을 했다.

하지만 어머니에게도 예외는 있었다. 남편과 자식들한테는 반듯한 전용 밥그릇과 국그릇을 주면서 자신은 아무거나 남는 그릇을 사용한 어머니였지만 커피잔만은 누구도 함부로 쓰는 것을 싫어한 자신만의 것이 있었고 그것을 사는 데는 돈을 아끼지 않았다. 특히 어머니는 꽃무늬가 그려진 커피잔을 좋아했는데 붉은 장미, 보라색 들국화, 노란 튤립 무늬 등 어머니 전용의 커피잔이 서너 개 있었다. 어머니는 자신의 커피잔으로 커피를 마시면서 즐거워하고는 했다.

"얘, 나는 지금 흰 눈이 살짝 덮인 알프스산이 보이는 찻집에 앉아서 커피를 마신다."

어머니는 빨랫감이 잔뜩 쌓인 마당 수돗가에 빨래판을 깔고 앉아서 커피를 마시며 그렇게 말하고는 했다. 알프스산이 어느 날은 짙푸른 지중해로, 또 어느 날은 바람 살랑 이는 몽마르트르 언덕으로 바뀌었다. 대가족을 이끌고 다람쥐 쳇바퀴 돌듯 늘 집에서만 생활할 수밖에 없었던 어머니는 상큼한 바깥바람이 그리울 때마다 커피 한 잔으로 상상의 여행을 떠나는 것이었다. 그래서 커피잔만은 호사스러운 게 필요했는지 모른다. 남루한 여행이란 존재하지 않을 테니까.

아름다운 헌신을 위해, 스스로 지치지 않기 위해 커피 한 잔으로 여행을 떠나는 어머니란 이름, 참으로 눈물겹다.

아버지의 커피, 짐을 내려놓다

법학을 전공했지만 이름 있는 문예지에 간간이 시를 발표한 아버지는 경마장의 말처럼 앞만 보고 달려야 하는 가장으로서 부양의 의무가 자신의 가슴을 짓누를 때마다 두 가지 방법으로 스스로를 위로했다.

하나는 하모니카를 부는 일이다. 아버지는 거실 창가에 놓인 포도주 빛 우단 흔들의자에 앉아서 혹은 뒤뜰 후박나무 밑에 서서 어깨를 들썩이며 신나게 하모니카를 불어 제쳤다. '기찻길 옆 오막살이 아기 아기 잘도 잔다. 칙칙폭폭 칙칙폭폭' 레퍼토리 역시 빠르고 발랄한 동요였다. 하모니카를 부는 아버지의 모습이 어찌나 유쾌해 보였던지 동네 사람들은 아버지가 기분이 좋을 때마다 그 기분을 열렬히 표현하기 위해서 하모니카를 부는 줄 알고 있었다. 그러나 우리 가족은 속지 않았다. 아버지가 울고 싶을 때마다, 주저앉고 싶을 때마다, 가장 경쾌한 모습으로 하모니카를 불면서 자신을 격려하며 일으켜 세운다는 것을 알았다.

또 하나는 커피를 마시는 일이다. 클래식을 좋아한 아버지는 주로 라흐마니노프의 피아노 협주곡을 들으며 커피를 마셨다. 그러다 어느 날부터인가 아버지는 블랙커피를 마시기 시작했다. 한약처럼 검고 쓴 블랙커피를 달콤한 알사탕처럼 입안에서 굴리듯 조금씩 조금씩 마시며 '아, 음' 짧은 감탄사를 내뱉는 아버지를 볼 때마다 식구들의 반응은 다양했다.

그 모습을 가장 못마땅하게 생각한 외할머니는 아버지가 겉멋이 들어서 그런 거라고 했다. 아버지의 막내 여동생인 고모는 "오빠가 블란서 영화에 심취하더니 이젠 남자 주인공 흉내까지 내네" 하며 흥흥거렸다. 그러나 엄마만은 아무 소리 안 했다. 오히려 아버지가 블랙커피를 마시면 조용히 클래식 음악을 틀어줬다.

나중에 알았지만 아버지의 블랙커피는 낭만도 폼도 아니었다. 아버지가 당뇨병이 생겨서 부득이 블랙커피를 마신 것이다. 달콤한 휴식으로 커피 한 잔을 택했던 아버지가 당뇨로 인해 달콤함을 빼야 했던 것이다. 어쩌면 이 땅에서 아버지로 산다는 건 애초부터 달콤함은 배제된 것인지 모른다. 설탕을 뺀 커피 맛처럼 아버지란 그렇게 힘든 이름이다.

41

HAPPY HERE NOW

시간의 향기

낭만주의 문학의 거장 '빅토르 위고'는 1861년 6월 30일 아침 8시 30분, 창문 너머 비쳐드는 아침 햇살을 받으며 '아, 나는 『레 미제라블』을 끝냈다네. 이제는 죽어도 좋다'라고 중얼거렸다. '불쌍한 사람들'로 번역되는 『레 미제라블』은 프랑스 문학사상 최고의 시인으로 평가받는 빅토르 위고가 30년에 걸쳐 완성한 대작이다.

미국의 여류작가 '마가렛 미첼'이 남북전쟁을 배경으로 쓴 소설 『바람과 함께 사라지다』는 집필 기간이 10년이나 걸렸다. '내일은 내일의 태양이 다시 떠오른다'라는 여주인공 스칼렛 오하라의 독백처럼 이 소설은 '인생에 있어서 이겨낼 수 없는 고난은 없다'라는 희망의 메시지를 담고 있다. 이 작품은 1937년 퓰리처상을 받았다.

프랑스 소설가이며 영화감독인 '베르나르 베르베르'의 소설 『개미』는 작품 집필에만 12년이 걸린 책이다. 사랑과 반역, 생존을 위한 투쟁이 고스란히 숨어있는 개미의 세계를 추리적 기법을 가미해 세밀히 묘사한 역작이다.

박경리의 대하소설 『토지』는 광복 이후 한국문학이 거둔 최대의 수확으로 평가받고 있는데 집필 기간이 26년이다. 최명희의 대하소설 『혼불』은 17년간 혼을 쏟아 그려낸 민중의 애환과 고뇌가 녹아있다. 마치 한 땀 한 땀 수를 놓듯 꼼꼼하고 정확하게 표현한 문장은 많은 독자에게 신선한 경이로움으로 다가왔다.

이렇듯 훌륭한 작품은 결코 하루아침에 만들어지지 않는다. 하긴, 메주로 장을 담그는 일도 충분한 숙성기간이 필요하고, 도자기를 굽는 데도 알맞은 시간이 주어져야 금이 가지 않는데 하물며 모든 이에게 사랑받는 문학작품이 짧은 시간에 어찌 완성될 수 있겠는가. 위대한 작품일수록 작가가 자신을 마지막 한 방울까지 남김없이 쏟아붓는 열정과 고뇌의 긴 시간이 있다.

비단 문학작품만이 아니다. 세상을 살면서 오랜 시간을 필요로 하는 것이 참 많다. 김장 김치가 맛있게 익는 시간부터 시작해서 한 건물이 완성되는 시간, 공연을 무대에 올리기 위해 연습하는 시간, 원하는 대학을 가기 위해 책과 씨름하는 시간. 그러나 속전속결에 익숙해진 우리는 충분히 시간을 주지 않고 빨리빨리 끝내 버리려 하고 여의치 않으면 쉽게 포기하고 만다. 실패라고 생각하기 전에 후회 없을 정도로 오랜 시간 열정을 다해 혼신의 힘을 쏟아부었나 스스로 냉철하게 점검할 필요가 있다. 그게 아니면 다시 시작해야 한다.

위대한 문학작품이 하루아침에 이뤄지지 않았듯이 단숨에 이루어지는 것은 아무것도 없다. 오랜 시간이 필요한 것은 사물뿐만 아니라 사람의 감정에도 해당된다. '사랑하기'와 '상처치유'에도 시간이 필요하다. 사랑은 나무와 같다. 묘목은 오랜 시간 알맞은 햇살과 적당한 물과 양분을 주며 잘 돌봐야 큰 나무로 자랄 수 있다. 첫눈에 상대를 알아보는 운명 같은 사랑도 있을 수 있지만 오랜 시간 서로에게 정성을 다해야 깊은 뿌리를 내려 어떤 비바람에도 흔들리지 않는 견고한 사랑으로 자리 잡는다.

요즘 사랑은 가스 불 위에 올려진 양은냄비처럼 쉽게 바글바글 끓고 쉽게 식는다. 성장의 시간이 생략됐기 때문이다. 상처 역시 마찬가지다. 우리는 살면서 본의 아니게 상처를 주기도 하고 받기도 한다. 상처가 너무 쓰리고 아파 빨리 떨쳐내려고 애를 쓴다. 그럴수록 상처는 지독한 채권자처럼 더 달라붙는다. 시간이 필요하다. 상처의 빛깔이 점점 옅어져 어느 날 스르르 사라지는 시간이. 그 시간을 견디며 기다릴 줄 알아야 비로소 상처에서 벗어난다.

'필요한 만큼 시간을 주는 일', 그것이야말로 위대한 문학작품처럼 나 자신을 성큼 자라게 한다.

시간의 향기

단숨에 이루어지는 것은 아무것도 없다.
오랜 시간이 필요한 것은
사물뿐만 아니라
사람의 감정에도 해당된다.

'사랑하기'와
'상처치유'에도
시간이 필요하다.

42

HAPPY HERE NOW

가장 값진 선물

12월에는 미국의 소설가 오 헨리가 생각난다. 그는 여러 단편소설을 통해서 선물에 대한 정의를 누구나 공감할 수 있게 명쾌하게 내렸다.

『크리스마스 선물』은 지독하게 가난하지만 매우 사랑하는 부부 짐과 델라가 등장한다. 그들은 서로에게 크리스마스 선물을 준비하려고 하지만 돈이 없어서 고민한다. 결국 남편은 집안 대대로 내려와 소중하게 생각하는 금시계를 팔아서 아내의 긴 머리카락을 치장하기 위한 보석이 박힌 빗을 산다. 아내는 아름답고 소중한 긴 머리카락를 잘라 팔아 남편의 금시계에 장식할 금시계 줄을 산다. 크리스마스 날 기쁜 마음으로 선물을 내놓지만, 이제는 서로에게 쓸모가 없다는 걸 알게 된다. 부부는 서로를 끌어안으며 고마움에 눈물을 흘린다. 가장 값진 선물은 내게 가장 소중한 것을 내놓는 것이다.

『마지막 잎새』는 널리 알려진 작품이다. 폐렴을 앓고 있는 존시는 살려는 의지를 보이지 않은 채 방 밖의 잎만 세고 있다. 곁에서 간호해 주는 친구 수에게 마지막 잎새가 떨어지면 자신도 죽을 것이라는 말을 한다. 심신이 병약해진 존시는 창밖의 담쟁이 잎새를 자신과 동일하게 생각한다. 어느 날 밤새 세찬 비바람이 불어서 마지막 잎새가 결국 떨어졌을 거라고 생각하며 창문의 커튼을 열어 보는데 놀랍게도 벽돌 담벽에 담쟁이 잎새 하나가 그대로 붙어 있다. 존시는 그 엄청난 폭풍도 견뎌낸 잎사귀를 보며 희망을 갖기 시작하고 병을 이겨낸다. 하지만 의사로부터 아래층 화가 베어만 노인이 사망했다는 소식을 듣게 된다. 노인은 폭풍이 몰아치던 날, 벽에 담쟁이 잎새 그림을 그리다 병이 도진 것이다. 그렇게 노인은 '마지막 잎새'라는 최고의 걸작을 남기고 세상을 떠난다. 누군가에게 희망이 되는 선물처럼 값나가는 건 없을 것이다.

『현자(賢者)의 선물』은 '행복을 나누는 사람들'의 이야기다. 돈 리라는 사람이 추운 겨울에 직업을 잃고 살길이 막막해서 구걸에 나선다. 한 식당 앞에서 부부에게 손을 내밀었는데, 차갑게 외면하는 남편과는 달리 아내는 1달러를 돈 리에게 준다. 돈 리는 우선 50센트로 요기부터 하고 남은 돈 50센트로 빵을 사서 배고픈 노인에게 준다. 노인은 빵을 조금 떼어 먹다가 남은 빵조각을 종이에 싸서 길에서 신문 파는 아이에게 준다. 아이는 기뻐하며 빵을 먹기 시작하는데 마침 길 잃은 강아지 한 마리가 아이에게 다가온다. 아이는 조금 남은 빵 부스러기를 강아지한테 준다. 그때 돈 리는 강아지 목걸이에 주소가 적힌 것을 보고 주인을 찾아가 강아지를 안겨준다. 주인은 기뻐하며 돈 리를 자기 회사에 취직시켜 준다. 이렇듯 1달러의 선물이 많은 사람을 행복하게 해주는 작은 기적을 만든 것이다.

우리는 무엇으로 기적을 만들까? 내가 당장 할 수 있는 일, 친구 생일선물을 고르는 일부터 해봐야겠다.

43

HAPPY HERE NOW

새벽에 줄 서는 사람들

요즘 들어 명품 가방을 사기 위해 새벽부터 백화점 앞에 길게 줄지어 서 있는 사람들의 모습이 TV 화면에 자주 등장한다. 코로나19가 장기화되면서 그동안 억눌렸던 소비가 보상심리에 따라 한꺼번에 분출되어 적극적 행동으로 나타나고 있다. 소비 형태가 명품이나 보석 등 고가의 물건에 치중되어 '보복 소비'라는 강한 표현을 쓰고 있지만, 그만큼 많은 사람이 무엇으로도 채워지지 않는 정서적 허기와 외로움을 겪고 있다.

여기에 가격이 비싼 제품은 고급 제품이거나 특별한 것으로 인식되어 수요가 증가하는 현상인 '베블런 효과'까지 덧붙여 자기과시인 명품 소비가 늘고 있다. 또한 기막힌 상술이 때맞춰 가격을 올리고 있어서 구매 욕구를 더욱 자극한다. 여기저기서 일어나는 보복 소비는 영국의 소비심리 전문가인 사이먼 무어가 말하는, 억

압된 감정의 응어리를 행동을 통해 외부에 표출하는 '카타르시스(cathartic) 쇼핑'과도 닮아있다. 지금 우리는 먼 길을 달려온 경주마처럼 지쳐 있고 스트레스와 우울감으로 뭔가 보상받고 싶은 욕구가 그 어느 때보다 강하다. 하지만 그것이 자신의 형편에 맞지 않는 순간적 충동으로 인한 과소비라면 곧 후회하게 되고 더욱 우울해질지도 모른다.

며칠 전 친구로부터 소포를 받았다. 예쁜 봄 스카프가 들어 있었다. 친구도 보복 소비 중이라고 해서 처음에 나를 놀라게 했지만 그건 의미가 사뭇 다른 것이었다. 인터넷에서 파격 세일하는 물건들을 골라서 쇼핑한다. 일단 물건을 산 다음 그 물건이 가장 필요할 것 같은 지인들에게 선물한다. '코로나19를 잘 견디어 주어서 고맙습니다'라는 손편지와 함께. 친구는 쇼핑할 때 답답함이 해소되고,

그 물건을 하나하나 정성껏 포장해서 지인들에게 보낼 때 기쁨을 느낀다. 그 선물을 받은 사람들은 더없이 행복하다. 일석삼조의 멋진 선물이다. 친구의 보복 소비는 살랑살랑 봄바람처럼 애교 있고 따뜻하다.

주위를 둘러보면 굳이 쇼핑이 아니더라도 이 답답함에서 벗어날 다양한 방법이 있다. 규칙적인 운동, 명상, 등산, 유튜브 공연 감상 등 자신의 취미가 될 만한 것을 찾아서 당장 시작해 보면 나를 위한 진정한 보상이 무엇인지 알게 된다. 우리는 인생이란 바다를 항해하는 항해사다. 유감스럽게도 잔잔한 물결의 고요함만 있는 게 아니다. 풍랑도 만나고 암초도 있다. 노련하고 지혜로운 항해사는 고약한 날씨도 장애물도 잘 피해서 전진한다.

과연 나는 어떤 항해사인가?

CHAPTER 04

행복은 적금이 아니라 신용카드다

바로 지금이 행복해야 할 시간이다

44

HAPPY HERE NOW

달콤한 휴식

대개의 사람은 생활하고 있는 것이 아니라
다만 경쟁하고 있을 뿐이에요.
아득한 지평선 위에 있는 목적지에 도달하려 하는 거예요.
그리고 너무 성급하게 목적지에 도달하려고 하기 때문에
숨이 차서 헉헉거리며,
지나치는 아름답고 조용한 전원의 경치를 하나도 못 보고
말이지요.
그러고 나서 비로소 깨닫는 것은
이미 자기가 늙고 지쳤다는 것과
목적지에 도착하든 못하든
아무런 차이가 없다는 것입니다.
나는 길가에 주저앉아

작은 행복들을 산처럼 주워 모을 생각이에요.

미국의 아동작가 진 웹스터가 쓴 『키다리 아저씨』에 나오는 글이다. 우리는 무한경쟁 시대에 살고 있다. 유치원 들어가면서부터 예쁜 개나리반 선생님한테 반 친구들보다 칭찬을 더 많이 들으려고 애쓴다. 학창시절에는 오직 숫자로 평가되는 성적표로 경쟁해야 하고 대학입시는 청소년 시절의 경쟁에 정점을 찍는다. 어른이 되었다고 달라지는 건 없다 오히려 책임이 가중되므로 생존경쟁이 더욱 치열하다. 그래서 늘 바쁘고 피곤하고 지친다. 여유와 낭만은 게으름과 한심함으로 어느새 자리매김을 하고 의자는 하나인데 앉고 싶은 사람은 많아서 늘 불안하고 조급하다. 그런 마음들이 삭막하고 이기심이 팽배한 사회를 만들고 그 속에 일원인 '나'는 외롭다.

우리가 잃고 사는 건 무엇일까? 목젖이 보이도록 크게 웃어 보는 일, 문득 걸음을 멈추고 밤하늘의 별을 바라보는 일, 우체국 창가에서 '사랑하는 이여'라고 시작하는 말로 편지를 써 보는 일… 바로 느리게 걷기다. 우리는 늘 경쟁 중이라는 강박관념에 갇혀 있다. 마치 브레이크 고장 난 자동차가 언덕길을 내려오듯 멈추지 못한다. 빨리 달린다고 이기는 건 아니다. 오히려 쉽게 지쳐서 삶의 의욕이 꺾이고 생기를 잃는다. 조금만 속도를 줄이면 주변을 잘 볼 수 있고 그만큼 마음이 편해진다. 프랑스의 사회철학자 피에르 쌍소는 "인간의 모든 불행은 고요한 방에 앉아 휴식할 줄 모르는 데서 온다"고

했다.

경마장의 말처럼 오직 앞만 보고 달리면 목표 외에는 아무것도 보이지 않는다. 가을 하늘이 얼마나 맑은지 길가에 피어 있는 코스모스가 얼마나 애교 있게 살랑거리는지 내 자신이 얼마나 많은 장점이 있는 멋진 사람인지 모두 놓치고 만다. 그러나 긴 삶의 여정 곳곳에 벤치를 만들어 놓고 잠시 쉬며 나 자신을 들여다보고 주위를 둘러보면 참으로 많은 게 눈에 들어오고 삶은 맛나게 풍요로워진다.

조금만 속도를 줄이면
주변을 잘 볼 수 있고
그만큼 마음이 편해진다.

45

HAPPY HERE NOW

행복의 값

김포에 있는 한 대형 카페는 연못과 실내 정원과 다양한 모양의 그네가 설치돼 있어서 젊은 엄마가 아기를 데리고 이용하기 좋은 곳이다. 그런데 아이들 때문에 겪는 일반 고객의 불편함이 있었는지 누군가가 노 키즈 존(No Kids Zone)을 마련해 달라고 요구한 모양이다. 그곳에 주인의 생각을 담은 답변이 안내문 형식으로 붙어 있다.

노 키즈 존 설치에 대해 많은 고민을 했는데 아이가 즐겁게 놀 수 있는 환경을 만들어 놓고 노 키즈 존을 만든다는 건 이치에 맞지 않는 듯해 하지 않기로 했다는 내용에 이어 당부의 말이 이어졌다. 아이를 데리고 온 부모는 다른 고객을 위해 아이가 소란스럽지 않게 잘 보살피는 '배려'가 필요하고, 아이를 데리고 오지 않은 고객은 다소 거슬리더라도 조금 '양보'해 모두 좋은 시간을 보내자는 것이다.

그곳은 모두가 행복하기 위해 커피와 빵값뿐만 아니라 '배려'와 '양보'의 값도 치러야 한다. 만일 배려와 양보를 거부한다면 노 키즈 존이 설치될 것이고, 그러면 당장 아이들 출입은 제한되고, 아이를 데리고 오지 않은 고객 역시 아름답고 넓은 공간을 충분히 즐길 수 없다. 모두 손해다.

노 키즈 존의 등장을 저출산 시대의 산물로 보는 견해도 있다. 우리 사회가 저출산 시대에 돌입하며 아이에 대한 경험이 부족해 어린이를 '남에게 피해를 주는 존재'로 바라보는 기류가 형성되기 시작했는데, 이런 구조적 요인이 노 키즈 존의 등장을 부추기고 있다는 것이다. 그러나 엄밀히 따지면 공공장소에서 아이의 행동에 신경 안 쓰는 부모와 아주 작은 불편함도 못 견디는 이해심 결여 때문이다. '혼자'보다는 '함께' 행복한 것이 신나는 일이다. 그러기 위해서는 말없이 견뎌내야 할 부분이 있다. 또 모든 물건은 제값을 지니고 있고, 그것을 온전히 소유하려면 값을 치러야 한다. 원피스나 운동화는 돈으로, 사랑은 인내와 절제로. 행복은 양보와 배려로 상황에 맞는 값을 치러야 한다. 지하철 안에서 큰 소리로 통화를 한다면 그 공간에 함께 있는 사람은 불편해진다. 그곳에서는 '예의'라는 값을 치러야 모두 행복해질 수 있다. 요즘 홈쇼핑, 보험회사, 백화점 등에 전화를 하면 '욕설이나 비하 발언을 하지 말라'는 안내 멘트가 나온다. 제법 긴 안내 멘트를 들을 때마다 빨리 일을 진행하고 싶은 소비자는 짜증이 날 수 있다. 그런데 한편으론 그동안 얼굴이 안 보

이는 익명이라는 방패를 들고 얼마나 많은 언어폭력이 있었기에 이런 멘트까지 나오나 이해가 되기도 한다. '존중'의 값을 치르지 않았기에 그 긴 안내 멘트를 감수해야 하는 것이다. 인생은 정직한 부메랑이다. 내가 생활하면서 치르는 행복의 값은 바로 내게 돌아와 나를 더욱 행복하게 만든다.

46

HAPPY HERE NOW

기타와 오보에

많은 악기 중에 기타처럼 대중적이고 매력적인 악기도 없다. 만만하지만 특별히 애정이 가는 막내 이모처럼. 특히 사랑을 막 시작한 청년에게 기타는 더할 나위 없이 멋진 사랑의 전령사가 될 수 있다. 연인 앞에서 '금지된 장난 중 로망스'를 연주하거나 다소 고전적이긴 하지만 감미로운 선율 '예스터데이'를 한 곡쯤 부른다면 큐피드의 화살을 맞은 듯 연인의 가슴은 마구 뛰게 될 것이다. 다양한 세상 이야기를 담고 있는 매혹의 악기 기타. 그러나 유감스럽게 기타는 우아한 오케스트라에 결코 낄 수가 없다.

음악회장에 가면 오케스트라 연주를 시작하기 전 반드시 악기를 조율하는 시간을 갖는다. 다양한 악기가 어울려 가장 근사한 음을 만들려면 무엇보다 조화가 필요하다. 어느 한 악기도 튀어서는 안 된다. 음을 맞추는 데 중심이 되는 악기는 오보에다. 우리에게 잘 알려진 피아노, 바이올린, 첼로가 아닌 작은 오보에다. 모든 악기가 오보에의 음에 맞춰 조율된다. 오보에가 없으면 모든 연주가가 손 놓고 기다려야 한다. 그만큼 중요한 존재다. 오케스트라에 낄 수 없는 기타와는 사뭇 다른 입장이다.

하지만 우아한 오케스트라에 끼지 못한다고 낭만의 악기 기타가 기죽을 필요는 없다. 어떤 악기보다 대중적으로 사랑받지 않는가? 사람도 마찬가지다. 상위 3%에 끼지 못한다고 낙오된 인생이 결코 아니다. 흔히 말하는 상위 3%는 무엇이 기준이 되는가? 주로 소득, 학벌, 사회적 지위다. 그 사람이 많이 웃는가, 주변 사람을 행복하게 해 주는가, 봉사활동을 얼마나 하는가, 상식과 질서를 잘 지키며 사는가에는 관심이 없다. 오직 겉으로 보이는 모습으로 평가된다. 그런 상위 3%에 끼지 못한다고 무슨 대수인가? 기타가 오케스트라에 낄 수 없다고 하찮은 악기가 아니듯이.

어떤 모임이든 중심이 되는 사람이 있다. 자전거 동호회에서 철새처럼 일렬종대로 자전거 여행을 하는데 중간쯤 한 자전거가 뒤집어진다. 자전거들이 멈추고 모두 일시에 한 사람을 쳐다본다. 그 사람이 이 사태를 잘 수습해 줄 것을 기대하며. 자전거 동호회에 중심이 되는 사람이다. 그 사람은 대부분 무한 신뢰를 받고 있고 책임감이 강하며 배려할 줄 알고 따뜻하다. 이렇듯 어디서나 중심이 되는 사람이 있다. 오케스트라의 오보에처럼. 때때로 우리는 가던 걸음을 멈추고 자신을 돌아본다.

'나는 잘 살고 있나?'

그때의 기준은 무엇인가? 아파트와 자동차와 예금 통장에 찍힌 숫자가 행복의 잣대가 될 수는 없다. 우아한 오케스트라에 낄 수 없지만 자기 역할을 충실히 해내며 많은 사람에게 따뜻한 행복감을 주는 기타처럼 내 역할을 성실히 해내며 살고 있나? 그것을 먼저 생각하게 된다. 우리는 살아가면서 항상 새로운 이름이 주어진다. 아가씨가 결혼하면 아내와 어머니, 며느리가 되고 청년이 결혼하면 남편, 아버지, 사위가 된다. 학교를 졸업하고 취직을 하면 사원이 되고, 이사를 하면 새로운 이웃이 된다. 이렇듯 끊임없이 새로운 이름을 받게 되는데 이름값을 제대로 하며 살고 있나? 그것을 한 번쯤 짚게 되고 가능하면 더 나아가서 오케스트라의 오보에처럼 어디서나 중심이 되는 사람으로 살고 싶어진다. 그래서 삶은 눈부시게 발전하는 것이다.

중심이 된다는 건 '아주 소중하고 매우 중요하다'는 뜻과 일맥상통한다. 내 자신이 중심이 되는 삶, 그 첫걸음은 내가 나를 귀하게 여기고 사랑하며 인정하는 일이 아닐까?

47

HAPPY HERE NOW

파티와 다이아몬드는 작아도 빛난다

원하는 걸 충분히 갖고 있지 못하다는 소유의 불만과 도무지 이야기가 통하는 사람이 없다는 소통의 부재가 행복이 우리에게 오는 길을 막고 있다. 원하는 걸 가지려면 오랜 시간, 노력이 필요하고 노력했다고 반드시 얻어지는 게 아니니까 내 형편에 맞게 줄이는 방법도 생각해 봐야 한다. 다이어트는 여름 해변을 위한 젊은 여성들의 목표뿐만 아니라, 내 처지에 맞지 않는 소유에 대한 욕심에도 필요하다.

하지만 행복이 오는 길을 차단하는 또 하나의 방해꾼, 소통의 부재는 의외로 쉽게 해결할 수가 있다. 요즘 우리는 사람들을 만나는 걸 중요하게 생각하지 않는다. 혼자도 시간을 잘 보낼 수 있는 스마트폰과 컴퓨터가 있다. 세상의 모든 정보와 다양한 놀이가 그 안에 있다.

하지만 혼자 오래 인터넷 세상에 빠지면 정신이 피폐해지고 우울증이 온다. '팝콘 브레인'이라는 말이 있다. 팝콘은 말린 옥수수 알갱이에 열을 가해서 만드는데 섭씨 200도가 넘을 때부터 터지기 시작해서 냄비가 본격적으로 달궈지면 타다닥 하고 연속적으로 팝콘이 튀는 소리가 들린다. 팝콘 브레인은 스마트폰과 인터넷 중독으로 강렬한 자극에만 우리 뇌가 반응하는 현상을 지칭한다. 팝콘 브레인을 가진 사람들은 강렬한 자극을 원하고 그 자극에 익숙해지면 더 강한 자극을 원하게 된다. 그래서 팝콘 브레인은 중독과도 밀접한 관련을 맺고 있다. 서서히 빠지고 헤어날 수 없는 사이, 정상적인 생활을 할 수 없게 된다. 뇌가 현실에 무감각하거나 무기력해진다. 하루 종일 스마트폰과 인터넷을 들여다보지 않는다고 해서 안심해서는 안 된다. 스마트폰을 보지 않고 10분이 지나면 불안해지는 마음이 생기는 것도 해당된다고 한다. 이렇게 스스로를 메마르고 딱딱한 나무인형으로 만들 것인가?

우리는 말랑말랑하고 따뜻한 심장을 가진 살아 숨 쉬는 사람이다. 사람은 반드시 사람을 만나면서 살아야 한다. 이야기도 하고 차도 마시고 상대방의 얼굴도 바라보고 웃기도 하고 만난다는 걸 두려워하거나 귀찮다고 생각하는 건 스스로를 위험에 빠트리는 일이다. 소통을 하려면 우선 만나야 한다. 거기다 파티라는 이름을 붙이면 더욱 즐거워진다. 파티라고 해서 비싸고 좋은 음식, 많은 사람,

샹들리에 불빛 등 거창할 필요가 없다.

여름밤 고수부지에 직장 동료 몇 명과 돗자리 깔고 캔맥주를 마시며 큰 소리로 웃어 보고, 서너 명의 이웃과 커피와 쿠키를 앞에 놓고 수다로 잠시 집안일의 고단함을 내려놓고, 학교 앞 분식집에서 친구들과 떡볶이와 튀김을 먹는 것 모두 작은 파티다. 꼭 특별한 날, 무슨 기념일에만 하는 게 파티가 아니다. 생활 속에서의 작은 만남도 즐거운 파티다. 비가 와서, 바람이 불어서, 갑자기 생각이 나서, 왠지 어깨를 두들겨 주고 싶어서, 아무 이유 없이 그냥, 사람을 만나고 파티를 하면 삶은 신나는 탱고처럼 우리를 일으켜 세운다.

미국의 시인이며 사상가 랄프 왈도 에머슨은 '집을 가장 아름답게 꾸며주는 것은 자주 찾아오는 친구들이다'라고 했다. 사람들의 도란도란 말소리와 웃음소리가 그 어느 때보다 그립고 필요하다. 오늘 점심은 샌드위치로 회사 옥상에서 옆자리 동료와 즐거운 파티를.

48

HAPPY HERE NOW

Best의 함정

흔히 무슨 일을 하든 가장 바람직한 방법은 베스트를 다하는 것이라고 말한다. 많은 사람이 베스트를 다한 사람에게 박수를 쳐주고 대부분 사람은 베스트를 다하려고 안간힘을 쓴다. 그런데 과연 그것이 정답일까?

매 순간 베스트를 다하려면 자신을 쉴 새 없이 몰아가야 하고 젖은 행주처럼 마지막 한 방울까지 쥐어짜야 한다. 그러면 건강을 해치고 정신이 피폐해진다. 여유라는 부드러운 윤활유가 심신에 돌지 않으니 빨리 지치고 힘든 건 어찌 보면 당연한 일인지 모른다.

오늘 100미터를 달렸으면 내일은 최선을 다해 기필코 200미터를 달려야 한다는 생각을, 오늘 100미터를 달렸으니 내일은 10미터 보태서 110미터를 달리면 된다고 바꾸면 어떨까? 우리에게 내일만 있는 게 아니다. 앞으로 남은 시간이 더 많다. 팽팽한 긴장감이 부드러운 유연성으로 바뀌면 그만큼 삶은 편안하고 행복해진다.

나이를 먹으니 자꾸 몸이 아프다. 오늘은 여기, 내일은 저기 참 다양한 종류의 병이 엄습한다. 처음에는 '왜 나만…' 하는 억울한 분노가 육체의 고통보다 더 마음을 괴롭힌다. 그러다 생각해 본다. 그동안 최선을 다해 열심히 산다는 명분 아래 내 몸을 너무 혹사해 온 게 아닌가? 매 순간 베스트를 다한다는 건, 안으로 병을 키우는 일인지도 모른다. 늘 단거리선수처럼 최선을 다해 빨리 달리고 있는 우리, 지금은 베스트(best)보다 베터(better)가 더 필요한 시점은 아닐는지.

우리는 생각을 많이 하고 산다. 그래서 '오만가지 생각'이라는 말이 나왔는지 모른다. 그런데 우리 머릿속에 꽉 차 있는 생각 대부분이 걱정 근심이다. 그건 일어나지 않을 확률이 90%나 되는 쓸데없는 기우다. 머릿속에 생각을 비울수록 새털처럼 몸과 마음이 가볍고 유쾌해진다. 그런데 그게 잘 안 된다. 명상이라도 해보려면 어느 정도 훈련이 될 때까지는 오히려 많은 생각이 비집고 들어와 머릿속을 더 혼란스럽게 한다.

생각이 많아서 근심 걱정을 키울수록 뇌졸중에 걸릴 확률이 높다는 연구결과도 있다. 미국 피츠버그대학 연구팀이 수십 년간 환자들의 뇌졸중 발병 여부를 알아본 결과 근심 걱정으로 불안감에 시달리는 상위 33%의 경우 하위 33%보다 뇌졸중에 걸릴 가능성이 30% 정도 높은 것으로 나타났다. 머릿속에 꽉 차 있는 생각을 덜어

낼수록 우리는 행복해진다. 그러기 위해 우리는 요람 속처럼 가장 편안한 자세로 내 모든 걸 감각에 맡겨야 한다. 좋은 음악을 듣고 맛있는 음식을 먹고 테니스든 탁구든 운동 하나쯤은 규칙적으로 하고 시간과 경제가 허락하지 않으면 집 근처 공원이라도 산책하면서 몸을 부지런히 움직이면 자연스럽게 머리를 아프게 하는 근심 걱정이 조금씩 밖으로 빠져나간다. best보다 꾸준한 better를 목표로 사는 삶, 가능한 한 머릿속의 복잡한 생각을 덜어내며 사는 삶, 우리를 건강하게 만들고 또한 행복의 비결이기도 하다.

49

HAPPY HERE NOW

신데렐라의 유리구두

내 딸아, 인간은 누구나 다 고통스러우면서도 황홀한 존재다. 분명 인생은 고통이 더 많은 것이지만 그렇다 하여 자신을 불쌍히 여기진 말아라. 그러한 연민에 삶을 매달리게 해서는 안 된다. 늘씬한 몸매, 남자를 끄는 눈빛은 바보 같은 남자만을 불러들일 뿐이란다. 중요한 것은 그런 것이 아니다. 너 자신만의 힘으로 무언가를 이루어내야 한다는 점이 가장 중요하다.

영국의 극작가 아널드 웨스커 작 '딸에게 보내는 편지'라는 연극에서 어머니가 성장한 딸에게 들려주는 훈계다. 자립심은 행복의 매우 중요한 요건이다. 그런데 누구나 어린 시절 읽어 본 동화 속 여주인공들은 한결같이 백마 탄 왕자로 인해 행복을 찾고 신분 상승을 한다.

"왕자님에게 내 소망이 달려 있어."

인어공주는 그렇게 외치고 신데렐라는 유리구두 한 짝으로 잿더미 속의 아가씨에서 하루아침에 왕비가 된다. 누구에게 의존하는 삶이란 매우 위태롭다. 상대가 마음이 변해서 곁을 떠나기라도 하면 바로 불행해진다. 행복은 스스로 만들고 키워 나가야 한다. 능력 있는 부모, 배우자 또는 주변 인물의 그늘 안에서 안주하며 행복하려 한다면 그건 결코 오래갈 수 없는 잠시 잠깐 인생의 덤일 뿐이다.

유명한 연극배우가 여성지 인터뷰에서 혼자 행복하게 사는 법을 이야기한 적이 있다. 단지 편하다는 이유로 식사 때마다 인스턴트 식품으로 때우지 않고 제대로 따뜻한 밥과 국, 생선 등 한 상 차려 먹는다. 커피 마실 때도 아무 머그잔 같은 데 마시지 않고 받침까지 갖춘 커피잔으로 마신다. 그중에 특히 기억에 남는 말이 '기어서 약국까지'다. 한밤중에 아프면 누구 하나 도와줄 사람이 없으니 평소에 운동을 열심히 해서 '기어서 약국'까지 갈 체력은 만들어 놓는다는 것이다. 결국 자립심이 혼자 사는 삶을 건강하고 행복하게 만든다는 것이다.

요즘 방영되는 TV 드라마 속 여주인공들은 전과 달리 누구에 의해서인 신데렐라형보다는 스스로 개척하는 캔디형이 많이 등장한다. 하지만 여전히 완전한 자립형은 아니다. 늘 누군가 헌신적으로

도와주는 키다리 아저씨가 나타나고 그들은 대부분 재벌 2세다.

현실에서는 불가능한 이야기다. 그런 드라마를 보면서 '나도 누군가가 도와주지 않을까' 하는 장밋빛 환상을 갖고 주위를 두리번거린다면 더 외롭고 힘들게 된다. 차라리 그럴 시간에 내 능력을 키우고 당당하게 살아가는 법을 배워간다면 어느새 행복이 친구하자고 바로 곁에 붙어 있을 것이다.

인생이란 결코 만만치 않은 여정 앞에서 깨지기 쉬운 유리구두를 신고 출발할 것인가? 아니면 자신한테 꼭 맞는 튼튼하고 질긴 운동화를 신고 출발할 것인가?

신데렐라의 유리구두

인생이란 결코 만만치 않은 여정 앞에서
깨지기 쉬운 유리구두를 신고 출발할 것인가?

아니면 자신한테 꼭 맞는 튼튼하고 질긴
운동화를 신고 출발할 것인가?

50

HAPPY HERE NOW

산수국의 비밀

수국은 수많은 작은 꽃들이 하나의 꽃을 완성한다. 개화 시기는 6월에서 7월로 한여름에 피어 있는 모습을 보면 탐스럽고 화사한 모습에 발걸음을 멈추게 된다. 벌과 나비도 수국의 아름다운 자태에 그냥 지나치지 못하고 그 위에 살포시 앉는다. 따사로운 햇살과 달콤한 바람은 다정하게 꽃잎을 어루만지고 무심한 듯 피어 있어도 찾는 이들이 많다.

그러나 산수국은 처지가 완연하게 다르다. 키 큰 나무에 가려 햇빛도 제대로 쬘 수 없고 눈에 뜨이지 않아 존재 가치에도 위협을 받는다. 하지만 산수국은 열악한 환경을 탓하며 시들어 가지 않는다. 자신의 존재를 알리기 위해 할 수 있는 모든 것을 한다. 산수국은 밤에 반짝반짝 스스로 야광 빛을 낸다. 멀리서 보면 반딧불 같다. 그뿐만이 아니다. 공기의 진동을 보낸다. 밤에 날아다니는 곤충들은 공기의 미세한 떨림에 민감하다. 산수국은 그늘과 어둠 속에서도 자신의 처지를 비관하지 않고 "저기요. 저 여기 있어요" 끊임없이 손짓하며 곤충들을 불러들여 꽃으로서 자신의 소임을 다한다. 물론 저 아래 양지쪽에 피어 있는 수국을 부러워하지도 않는다. 자신의 처지를 겸허하게 받아들이고 자신만의 방법으로 살아간다. 그래서 산수국은 당당하고 행복하다.

신조어는 세상이 만들어 내는 은유적 외침이다. 금수저 흙수저라는 말도 시대상의 반영이다. 서로서로 이마를 맞대고 어깨를 부비고 가슴을 합쳐도 적막하고 외로운 세상인데 왜 그런 편 가르기를 하는지 안타깝다. 가진 자의 오만과 횡포, 그렇지 못한 자의 고달픔과 억울한 분노가 자꾸 부딪혀서 그런 단어가 만들어졌는지도 모른다. 인간은 태어나면서부터 누구나 평등하고 존엄한 존재다. 자신의 노력 없이 얻어진 부와 사회적 지위가 무슨 의미와 가치가 있겠는가? 마치 모래성을 쌓은 것처럼 휘익 바람 한 자락에 쉽게 무너질 수 있다. 역경 앞에서는 온실 속의 화초처럼 속수무책으로 당할 수밖에 없다. 혼자 힘으로 이루어 낸 것이 없으니 무엇인들 제대로 해결할 수 있겠는가?

미국의 소설가 엘리자베스 길버트는 그의 저서 『먹고 기도하고 사랑하라』에서 매일 무슨 옷을 입을까 고르는 것과 마찬가지로 무슨 생각을 할까 고르는 법을 배워야 한다고 했다. 내게 잘 어울리는 옷이 내 모습을 멋지게 만들듯 나를 위한 좋은 생각은 스스로의 힘을 키운다. 내가 금수저인가 흙수저인가 내 의지와 상관없이 만들어진 위치에 절대 연연할 필요가 없다. 내 노력으로 내 처지를 얼마든지 바꿀 수 있으니까. 행복은 행운의 한 부분이 아니라 노력의 산물이다.

자신의 힘으로 당당하게 이루어 냈을 때 삶은 비로소 완성도 높은 행복을 선사한다. 산수국이 오늘 더욱 행복한 이유는 자신의 노력과 열정으로 충분히 살아갈 수 있다는 확신이 있기 때문이다. 행복은 누군가의 선물이 아니다. 내 스스로 만들어 내야만 '자주' '오래' 만날 수 있다.

51

HAPPY HERE NOW

오늘도 꿈을 꾸다

직장인 이 대리는 매주 로또 복권을 산다. 주위 사람들은 확률이 희박한 복권에 끊임없이 돈을 쓰는 그를 안타깝게 생각한다. 그러나 이 대리는 꼭 당첨을 위해서 복권을 사는 게 아니다. 물론 당첨이 되면 그보다 더 좋을 수가 없지만, 기적 같은 행운을 기대한다는 게 얼마나 허망하고 어리석은 일인가 잘 안다. 그런데도 이 대리는 복권을 산다. 그 이유는 고단하고 삭막한 시간을 잘 견디기 위해서다. 복권 한 장을 가슴에 품으면 당첨 여부를 떠나서 기대와 설렘이 생긴다. 그걸로 힘든 일주일을 견디어 내는 것이다.

만일 이 대리가 로또 복권 대신 그 자리에 꿈(Dream)을 앉힌다면 어떨까? 우선 돈이 안 들고 실현 가능성이 복권보다 훨씬 높다. 그리고 희망을 볼 수 있다. 꿈을 이루기 위한 첫걸음은 꿈을 갖는 것이다. 미국 대학교수 로버트 고다드는 '불가능이 무엇인가는 말하기 어렵다. 어제의 꿈은 오늘의 희망이며 내일의 현실이기 때문이다. 내일은 꼭 이루어질 거야 어제 꿈꾸고 오늘 소망하면 내일은 이루어진다'라고 했다.

시간이 없어서, 형편이 안 되어서, 나이가 많아서, 이루어질 것 같지 않아서 이런저런 이유로 꿈을 갖지 않고 하루하루를 산다면 그건 사는 게 아니라 시간을 때우는 것이다. 타성처럼 사는 삶은 결코 행복할 수 없다. 미국의 샤갈이라고 불리는 '해리 리버만'은 미술을 처음 접한 게 놀랍게도 76세 요양원에 있을 때다. 그 뒤 그는 22번의 전시회를 열었다. 2009년 『약해지지 마』라는 시집으로 시인 등단과 동시에 베스트셀러 작가가 된 일본의 '시바타 도요'는 99세에 그 시집을 썼다.

나이의 걸림돌을 무너트린 것뿐만 아니라 힘든 환경에서 역경을 딛고 꿈을 이룬 사람들도 많다. 태어난 지 19개월 만에 시각과 청각을 잃은 헬렌 켈러는 장애를 극복하고 많은 책을 저술했을 뿐만 아니라 인권운동과 노동운동에도 기여했다. KFC 창업자인 커넬 샌더스는 계속되는 실패에도 포기하지 않았다. 65세의 나이에 그가 손에 쥔 돈은 단돈 105달러뿐이었다. 그러나 그는 다시 시작했고 드디어 꿈을 이루었다. 우리가 어둠 속의 한 줄기 빛이라고 표현하는 건 절망 속의 희망을 말하는 것이고, 그건 꿈을 가졌나 아닌가 하는 꿈의 차이다.

행복하려면 꿈이 있어야 한다. 우리는 꿈은 크게 가져야 된다고 생각하지만 꼭 그럴 필요는 없다. 꿈도 단계적으로 갖는다면 훨씬 접근하기가 쉬울 것이다. 구구단도 2단부터 외워야 어려운 9단까지 쉽게 갈 수 있다. 오늘 내 꿈은 새로 시작한 중국어 단어를 10개 외우는 것이다. 그러면 언젠가는 중국에서 무역을 하고 싶은 내 꿈이 이루어진다. 오늘 내 꿈은 짜증 나는 일 다 털어 버리고 분위기 좋은 찻집에서 커피 한 잔을 마시며 내게 다가오는 행복을 마중하는 일이다. 이렇게 작은 힘, 작은 즐거움이 쌓이면 꿈이 이루어지고 행복해진다.

52

HAPPY HERE NOW

플라시보와 노시보

환자에게 유효성분이 전혀 없는 설탕이나 소금 같은 가짜 약을 주었을 때도 진짜 약 이상으로 치료가 되는 경우가 있다. 확고한 믿음이나 긍정적인 생각만으로도 치료 효과를 거두는 이런 현상을 위약 혹은 '플라시보(Placebo, '기쁘게 해드리겠습니다'라는 라틴어) 효과'라고 일컫는다. 플라시보 효과에 따르면 실제 약효가 없는 가짜 약을 먹어도 환자가 병이 나을 것이라는 믿음을 가지고 있으면 실제로 병이 호전되는 양상을 보일 수 있다는 것이다. 잠을 이루지 못하는 입원 환자가 수면제를 요구할 때마다 수면제를 줄 수 없어서 모양이 닮은 소화제를 수면제라 속이고 준다. 그런데 그 소화제를 먹은 환자는 곧 편안하게 잠든다.

배앓이에 칭얼거리는 아이의 배를 엄마가 손으로 주물러주면 어느새 새록새록 잠이 든다. 엄마가 배를 만져주면 배앓이가 나을 거라는 아이의 믿음이 위통을 줄여주게 되는 것이다. 결국 엄마의 약손은 플라시보 효과와 함께 엄마와 아이의 믿음이 만들어낸 천상의 약인 것이다. 긍정적인 사고와 마음가짐이 가장 좋은 치료법이 될 수도 있다는 플라시보 효과.

반면 사람들에게 아무 작용이 없는 물질을 주고, 예를 들면 '이것을 먹으면 머리가 아플 것입니다'라고 말할 경우, 이것을 먹은 사람이 진짜로 두통을 일으키는 '노시보(Nocebo, '당신을 해칠 것이다'라는 라틴어) 효과'도 있다. 어떤 것이 해롭다는 암시 혹은 믿음으로 야기된 부정적 효과이다.

비단 약뿐만 아니라 우리 인생 곳곳에 플라시보 효과와 노시보 효과는 작용한다. 하루하루 살아가는 게 너무 고달픈 한 청년이 행복에 대한 열망으로 어느 날부터 자신에게 주문을 걸기 시작한다. 계단을 오를 때마다 청년은 이렇게 중얼거린다. '이 계단이 짝수이면 오늘 나는 행복한 일이 생길 것이다.' 긴 계단을 오르는 동안 긴장과 기대도 생긴다. 맨 마지막 계단의 수가 짝수이면 정말 행복한 일이 생길 것 같다. 우연히 친구를 만났다. 친구는 아직도 직장을 구하지 못한 자신의 어깨를 두드리며 말한다. '걱정 마. 다 잘될 거야.' 친구와 함께 저녁 식사를 하는 동안 시린 가슴이 따뜻하게 데워진다. 설렁탕 국물 때문이 아니다. '좋은 친구가 있는 나는 행복해도 되지 않을까?' 이미 짝수로 끝난 계단으로 인해 행복할 준비가 되어 있는 청년은 평범한 일상이 행복하고 감사한 것이다. 만일 계단의 수가 홀수로 끝나서 오늘은 행복할 일이 절대 없을 것이라는 부정의 믿음이 자리 잡고 있는 상태에서 친구를 만났다면 어찌 되었을까? 대기업에 다니는 친구의 격려가 왠지 더 자신을 위축시킨다. 빨리 헤어지고 싶어서 저녁을 산다는 친구의 호의를 뿌리치고 집에 와서 혼자 컵라면을 먹는다. 인생이 늦가을 저녁처럼 쓸쓸하다.

좋든 싫든 우리는 살아내야 한다. 그럴 바에는 좋은 쪽으로 확고한 믿음을 갖는 플라시보 효과를 택하는 게 훨씬 이롭다. 오늘 나는 무조건 행복한 하루가 될 것이다. 믿는 대로 마음이 따라가는 마법을 경험하는 건 그리 어렵지 않다.

오늘 나는 무조건
행복한 하루가 될 것이다.

믿는 대로
마음이 따라가는 마법을
경험하는 건 그리 어렵지 않다.

53

HAPPY HERE NOW

오전 7시 30분 9호선 급행열차 안

급한 볼일이 있어서 오전 7시 30분에 지하철을 타게 되었다. 막연하게 출근 시간이라 복잡할 거라며 걱정했는데 상황은 그 이상으로 치열했다. 사람들 틈에 끼여 몸을 움직일 수도 없고 마스크 쓴 얼굴들이 너무 가까이 있어서 숨이 턱턱 막혔다. 내려서 택시라도 탈까 하는 생각이 굴뚝같았지만 정확한 시간 안에 도착해야 하기에 그런 여유를 부릴 수 없었다. 그저 묵묵히 견디는 수밖에. 그런데 가만 보니 조금도 움직일 수 없는 상황에서 사람들은 신기하게 움직이고 있었다. 마치 오케스트라의 지휘자에 의해 조화로운 음을 내는 악기 연주자들처럼 소리 없이. 정차역에서 사람들이 쏟아져 들어올 때마다 백팩을 맨 청년은 앞으로 백팩을 돌려서 품에 안고, 가로로 서 있는 사람은 어깨를 움직여서 세로로 서고, 의자에 앉아 있는 사람은 두 다리를 붙였다 벌렸다 하며 앞에 서 있는 사람의 발이 편하게 자리 잡는 걸 도와주었다. 그건 의도된 게 아니라 너무 자연스러워 습관처럼 보였다. 어느 누구도 발 디딜 틈 없는 지하철 안으로 무작정 밀고 들어오는 사람을 원망하지 않았다. 오히려 몸을 움직여서 조금이라도 편하게 만들어 주었다. 갑자기 콧등이 '찡' 했다. 바로 이것이었다. 젊은 직장인들이 오늘의 치열함을 견디고 내일의 희망을 만들어 갈 수 있는 게. 서로에 대한 말 없는 배려와 위로였다. 그들은 대부분 직장인이기 때문에 직장인의 형편을 누구보다 알고 이해했다. 지하철 한 대를 그냥 보내면 지각이라는 불성실의 프레임에 갇혀 상사의 눈치를 봐야 하는 곤욕스러움까지 이해한 것이다. 대단하다. 멋지다. 힘껏 박수를 쳐주고 싶었다.

문득 오랫동안 함께 일한 라디오 드라마국 김 피디가 떠올랐다. 그의 꿈은 희곡 작가였다. 그 갈망으로 그렇게 바쁜 와중에도 일 년에 한두 편씩 자신의 작품을 연극무대에 올리고는 했다. 그러나 그것으로 그는 늘 부족해했다. 김 피디는 월세가 나오는 3층짜리 건물을 너무도 갖고 싶어 했다. 거기에서 나오는 월세로 부양의 의무를 충당하고 자신은 마음껏 희곡을 쓰고 싶다고 했다. 어쩌면 많은 직장인의 로망이 3층짜리 월세 건물일지도 모른다. 그런데 어느 날 김 피디가 이런 말을 했다. 월세 나오는 3층짜리 건물이 없어서 자신이 1년에 한두 편이라도 희곡을 쓸 수 있다는 생각이 든다고. 그 안타까운 갈증과 열망이 오히려 좋은 희곡을 쓸 수 있는 원동력이 된 것 같다고. 드디어 김 피디가 월세 나오는 3층짜리 건물을 가슴에서 빼냈다. 다행이었다. 불가능한 현실인데 그걸 바라보며 진을 빼는 일은 인생을 소모하는 일이다. 오히려 부족함 없는 풍요로움은 의욕을 빼앗고 모든 걸 심드렁하게 만들 수가 있다.

오전 7시 30분 9호선 급행열차 안이 치열하지만 아름다운 건 그들이 꿈을 향해 달리기 때문이다. 사는 게 심심하고 지루하고 재미없다고 투덜거리는 사람한테 꼭 오전 7시 30분 9호선 급행열차를 타보라고 권하고 싶다. 그 지하철 안 누구보다 뜨겁게 사는 젊은 직장인들에게 세상에서 가장 맛있는 모닝커피 한 잔을 대접하고 싶은 오늘이다.

오히려 부족함 없는
풍요로움은 의욕을 빼앗고
모든 걸 심드렁하게
만들 수가 있다.

54

HAPPY HERE NOW

뚝배기에 된장찌개를 담아야 하는 이유

우리는 살아가면서 지켜야 할 중요한 것들을 먹고살기 힘들어서 또는 너무 바빠서 등 다양한 이유로 무시할 때가 있다. 그중 대표적인 게 격식이다. 물론 격식에 치우쳐 내용이 소홀해지면 안 되지만 격식은 품격을 만든다.

중견 탤런트 A에게는 가난한 어린 시절이 있었다. 친구들은 당근이나 오이 그림이 그려진 알루미늄 도시락에 흰쌀밥을 담아올 때 그는 시커먼 비닐봉지에 넣어 온 옥수수와 감자로 점심을 때워야 했다. 그래도 A의 어머니는 자식들에게 꼬박꼬박 잠옷을 입혔다. 가게에서 산 근사한 잠옷일 리는 없었다. 대개 낡은 이불 호청으로 만들었고 운이 좋을 때는 잘사는 친척 집에서 계절이 바뀌었다는 이유로 버려진 커튼이나 테이블보로 밤새 재봉틀을 돌려 만든 것이다. A의 어머니는 엄격하게 잠잘 때만 입게 했다. 하루 종일 뛰어놀다 땀에 찌든 옷 그대로 잠이 들었던 A는 잠옷을 입고 잘 때부터 동화 속 왕자가 된 듯한 기분이었다. 그 잠옷 덕분에 가난에 주눅들지 않았고 장조림과 계란말이만 싸 오는 부잣집 짝꿍한테도 당당할 수 있게 되었다. 어머니가 원한 것도 바로 그것이었다. 격식이 힘이 된 것이다.

요즘은 결혼이 늦어지면서 부모로부터 독립해 혼자 사는 청년이 늘어나는 추세다. 혼자 살면 무질서의 함정에 빠지기 쉽다. 불규칙한 식습관이 건강을 해치고 무력하게 만든다. 그런데 아주 잘 지내는 경우가 있다. 대충 인스턴트식품으로 해결하지 않고 꼬박꼬박 제대로 밥 해 먹고 커피 한 잔을 마셔도 반듯한 커피잔에 잔 받침까지 갖추며 손님을 대접할 때처럼 자신을 대접하며 살아갈 때다. 이렇게 격식을 갖추고 살면 쉽게 지치지 않는다.

음악회 갈 때, 등산갈 때, 도서관 갈 때 옷차림이 같을 수는 없다. 분위기에 맞게 제대로 갖춰 입으면 예의 있게 보이고 즐거움이 늘어나고 안전하기까지 하다. 상대방에게 좋은 인상도 주게 된다. 음악회 갈 때 반바지에 슬리퍼를 끌고 가거나 등산 갈 때 구두 신고 스커트 차림이면 웃음거리가 되기 쉽고 보는 사람도 매우 불편하다. 격식을 갖춘 옷차림을 말할 때 흔히 'TPO를 지키자'라고 한다. 시간(Time), 장소(Place), 상황(Occasion)이다. 시간과 장소와 상황에 맞게 옷을 입으면 격조 있게 보인다.

옷차림뿐 아니라 마음의 격식도 중요하다. 상황에 따라 존중과 겸손을 우선으로 해야 할지 양보와 배려에 비중을 두어야 할지 잘 생각해야 한다. 말의 격식은 더욱 중요하다. 말은 마음에서 나오고 그 사람만의 독특한 향기다. 상대방의 눈을 바라보고 부드러운 음성으로 명확하게 발음하고 언어 선택에 신중하고 특히 대화 중 휴대폰 들여다보는 건 경계해야 한다. 연말이 가까워 올수록 모임이 늘어난다. 즐겁고 유쾌한 만남이 되기 위해서는 반드시 장소와 상황에 맞는 격식이 필요하다. 된장찌개를 유리그릇에 담는 순간 이미 구수한 맛은 달아난다. 된장찌개는 뚝배기가 제맛이다.

55

HAPPY HERE NOW

지하철 안 풍경

깔끔하게 차려입은 할아버지 한 분이 붉은 장미와 하얀 안개꽃이 가득 담긴 꽃바구니를 무릎 위에 놓고 앉아 있다. 지하철 안 승객들은 마음까지 얼어붙게 만드는 매서운 겨울 날씨에 화사한 봄을 선물 받은 것처럼 갑자기 기분이 좋아져서 할아버지와 꽃바구니를 번갈아 보며 상상의 나래를 펼친다.

'결혼기념일 아내한테 주는 선물인가? 아니면 출산한 며느리에게?' 생각만으로 미소가 물결처럼 번진다. 할아버지와 옆자리 아저씨와의 대화에서 모든 게 밝혀진다. 할아버지는 택배 아르바이트를 하고 있고, 꽃바구니는 이제 막 연애를 시작한 청년이 연인의 생일 선물로 보내는 것이었다. 할아버지는 행복을 나르는 기분으로 일을 한다며 환하게 웃는다.

친구인 듯한 청년 세 명이 자리에 앉아 있다. 할머니 한 분이 타니까 동시에 청년 셋이 벌떡 일어나며 "할머니, 여기 앉으세요" 하려고 보니 좌석이 넓다. 재빨리 말을 바꾼다. "할머니, 여기 누우세요." 청년들의 유머에 풀썩 웃음이 나온다.

고등학생으로 보이는 남학생이 추운 날씨에 맨발에 슬리퍼를 신고 앉아 있다. 표정을 보니 분노와 억울함이 가득하다. 엄마한테 혼나고 홧김에 슬리퍼 끌고 가출한 건가? 발 시릴 텐데 모두 걱정스러운 표정으로 학생의 맨발을 바라보고 있다. 바로 그때 맞은편 엄마 옆에 앉아 있던 3살쯤 되어 보이는 아기가 아장아장 걸어와서 들고 있던 작은 애착 이불로 학생의 맨발을 덮어준다. 그리고 아기는 학생을 올려다보며 학생의 무릎을 작은 손으로 토닥토닥거린다. 순간 승객들의 가슴이 뭉클해진다. 학생은 놀라는 표정을 짓더니 이내 울먹거리며 "고마워, 아가야" 한다. "괜찮아, 괜찮아, 다 잘될 거야." 아가는 그렇게 위로를 하고 있다. 어쩌면 그런 위로가 절실히 필요한 누군가가 그 안에 있었다면 그도 세상에서 가장 따뜻한 위로를 받고 다시 일어설 힘을 얻었을 것이다.

노약자석에 나란히 앉아 있는 할아버지와 할머니. 무슨 일인지 할머니는 몹시 화가 나 있다. 가만히 들어보니 오랜만에 놀러 온 조카가 할머니를 향해 "여전히 고우세요" 했는데 할아버지가 무슨 가당치 않은 소리냐는 듯 "쭈그렁 할멈이 어딜 봐서 고와?" 한 모양이다. 할머니는 몹시 서운한지 계속 할아버지를 몰아붙인다. 묵묵히 앉아 있던 할아버지가 갑자기 지하철 문이 열리니까 훅 내려버린다. 순간 할머니보다 더 놀란 건 승객들이다. 할머니는 민망하고 속이 상한지 고개를 푹 숙인다. 세 정거장쯤 지났는데 갑자기 할아버지가 나타났다. 내려서 바로 옆 칸에 올라탄 것이다.

"당신 간 줄 알았는데."

"내가 당신 두고 어딜 가?"

노부부는 다정하게 손을 잡고 다음 역에서 내린다. 혼자 앉아 있는 게 미안한 듯 서 있는 사람들에게 계속 "저기 빈자리 나왔다"고 알려주는 아주머니, 가방이 너무 무거워 보인다며 어린 학생에게 자리를 내주는 노인, '내'가 아닌 '우리'로 '혼자'가 아닌 '함께' 살아가고 있다는 걸 깨우쳐 주는 지하철. 오늘도 지하철은 달린다.

56

HAPPY HERE NOW

이상한 사진 전시회

한 사진 전시회가 열리고 있다. 관람객들은 안내 팸플릿을 손에 들고 벽에 걸려있는 사진을 보며 일행과 담소를 나누며 옆으로 이동하고 있다. 여기까지는 보통의 전시회와 다를 바가 없다. 그런데 어느 시점에서 말이 없어지고 무거운 침묵이 흐르더니 끝부분에서는 눈물을 흘린다. 그 순간 눈물은 그들의 공통 언어가 된 듯 아무도 눈물을 탓하지도 않고 부끄러워하지도 않는다. 미국의 사진작가 디에나 다이크먼(Deanna Dikeman)의 '헤어짐과 배웅(Leaving and waving)'이란 제목의 사진 전시회에서만 볼 수 있는 흔치 않은 장면이다.

모든 사진에는 20년 넘게 딸이 외출할 때마다 집 밖으로 나와 손을 흔들며 딸의 모습이 사라질 때까지 배웅하는 부모님의 모습이 담겨 있다. 딸이 결혼해서 아이와 함께 친정을 방문했을 때도 한결

같이 그 자리에 서서 잘 가라고 손을 흔들고 있다. 시간이 지날수록 아버지와 어머니는 소리 없이 늙어가고 있다. 흰머리, 주름진 얼굴, 구부정한 어깨, 지팡이를 짚고 선 힘없는 모습, 사진은 정직하게 세월을 담아내고 있다. 그러다 어느 날 어머니 혼자 손을 흔들며 배웅한다. 아버지가 돌아가신 것이다. 부쩍 더 늙고 초라해진 어머니 혼자 배웅하는 모습이 몇 년 지나서 그 자리는 텅 비어 있다. 어머니도 돌아가신 것이다.

부모님은 언젠가 돌아가신다. 그러나 우리는 그걸 잊고 산다. 언제나 힘이 세고 용감한 슈퍼맨 같은 아버지, 모든 일을 척척 알아서 잘 해내는 원더우먼 같은 어머니. 자식들은 보고 싶은 대로 보고 믿고 싶은 대로 믿는다. 아버지도 의지할 수 있는 슈퍼맨이 필요하고 어머니도 고단한 삶을 나눠 가질 원더우먼이 필요할지 모른다는 걸 자식들은 알면서도 외면한다. 그 힘든 역할을 자신이 맡게 될까 봐 두렵기 때문이다. 자식들은 이런 말을 잘한다.

"조금만 기다리세요. 시간적 여유가 생기고 형편이 피면 제가 잘 할게요."

그 말을 들은 부모는 주름진 얼굴로 함박웃음을 지으며 고개를 끄덕인다. 하지만 늙은 부모의 내일을 누가 장담할 수 있을까? 조금만 기다리라는 허망한 약속을 남발하며 그래도 효도하겠다는 의지를 보인 게 대견하다고 스스로 만족할 것인가? 내리사랑이라고 어린 아들이 뭘 갖고 싶다면 아무리 어려운 형편이라도 당장 손을 잡고 가서 사주지만 부모한테는 조금만 기다리라고 한다. 부모는 자식이 효도할 때를 기다려 주지 못한다.

종일 끼고 사는 휴대전화 숫자 하나만 누르면 집 안에서 답답함을 견디며 외로운 시간과 싸우는 아버지, 어머니의 목소리를 들을 수 있다. 자식의 전화는 단순한 안부 전화가 아니라 행복을 선사하는 일이다. 그 작은 일도 시간적 여유가 생겨야 하고 경제가 좋아져야 하겠는가? 부모님이 떠난 빈자리를 견디어 내려면 부모님이 계신 지금 우리는 무조건 시작해야 한다. 부모님을 위한 아주 작은 일이라도. 부모님은 결코 큰 걸 원하지 않는다. 어느 날 늙은 부모는 사라진다.

57

HAPPY HERE NOW

최고의 선물

매년 연말이 되면 많은 사람이 내가 과연 한 해를 잘 보냈나, 스스로 점검해본다. 대부분 잘 살았나의 기준을 나와 타인, 즉 인간관계에서 먼저 찾는다. 그러나 그보다 중요한 건 온전하게 나를 바라보는 일이다. 자기 자신한테 만족하는 사람은 거의 없다. 다른 사람한테는 잘하려고 애쓰면서 자신은 홀대한다. 마음에 들어 하지도, 별로 좋아하지도 않는다. 다른 사람이 무시하면 상처받고 펄펄 뛰지만 정작 스스로 자신을 못마땅하게 생각하는 데는 익숙하다. 올 한 해 나는 나를 얼마나 사랑하고 존중했나?

친구 A에게 겨울은 낭만의 계절이었다. 빙 크로스비의 달콤한 캐럴, 함박눈, 군밤, 벽난로. 그러나 결혼 후 겨울은 김장 200포기를 해야 하는 노동의 계절이 되고 말았다. 시어머니는 자식들이 다 모여 함께 김장하고 식구 수에 맞게 나눠 갖게 했다. 맏며느리로서 여간 고단한 일이 아니었다. 각자 형편에 맞게 알아서 하면 얼마나 합리적일까? A는 생각만 있지 말 한마디 못하는 자신이 싫었다. 남을 싫어하는 일은 괴로워서 안 하려고 노력하지만, 자신을 싫어하는 일은 그냥 내버려둔다. 어느 날 A는 털컥 겁이 났다. 내가 나를 싫어하는데 누가 날 좋아하겠나? A는 무조건 집안일을 하루 접고 기차를 타고 바다를 보러 갔다. 매일 반복되는 단조로운 주부의 일상에서 늘 그리워한 겨울 바다를 맘껏 보며 커피를 마시고 맛집으로 소문 난 곳에서 메밀전병과 막국수도 사 먹었다. 혼자만의 여행은 더없이 행복했다. 앞으로 A는 겨울이 되면 김장 200포기로 벌벌 떨 게 아니라 오늘 본 겨울 바다를 떠올리며 즐거워하기로 했다. 나를 싫어하지 않기 위한 지름길을 스스로 만든 것이다.

친구 B는 감정의 힘겨루기가 씨름선수들의 힘겨루기만큼 사람 기운을 쏙 빼는 일이라는 걸 알고 있었지만 멈출 수 없었다. B는 생일이나 결혼기념일 등 특별한 날이 다가오면 '어디 두고 봐야지. 이번에는 설마' 하고 잔뜩 벼른다. 바로 남편과 자식들이 선물을 하나 안 하나 두고 보는 것이다. 그러다가 역시 그대로 지나치면 노엽고 섭섭한 감정이 확 밀려오면서 신세 한탄으로 이어진다. 자상한 남자라고 잘못 본 어리석음에 분노하고 자식들을 제대로 못 키운 무능함을 탓하고. 더 속상한 건 별것 아닌 것 갖고 유난을 떤다고 생각하는 가족의 태도다. B는 마음을 바꿨다. 오랫동안 스스로를 괴롭힌 '두고 보자' 대신 스스로에게 선물을 하기로 한 것이다. 봉투에

20만 원을 넣어 자기에게 줬다. 선물은 왜 꼭 다른 사람이 해야 하나? 앞으로도 B는 스스로 축하 선물을 할 생각이다. 그런 마음을 먹었을 때 찾아온 자유스러움에 숨통이 탁 트였다.

내가 나를 좋아하고 존중해야 행복해진다. 무엇보다 가장 먼저 해야 할 일이다. 내가 있어야 세상이 존재한다. 새해에는 나를 가능한 한 많이 좋아해 주자. 가장 쉬운 일이 가장 어렵다.

CHAPTER 05

행복의 기준과 부자의 기준은 다르다

비울수록 더 많이 채워지는 이상한 공식

58

HAPPY HERE NOW

이런 분들이 행복했으면

대학생이 된 아들은 스키장 아르바이트를 끝내고 집으로 돌아왔다. 불쑥 현관에 놓인 아버지의 낡고 볼품없는 구두가 눈에 들어왔다. 그 옆에 놓인 동생과 자신의 운동화는 어디 내놔도 손색없는 유명 메이커 제품이었다. 그러고 보니 아버지는 좋은 것, 새것이 별로 없다. 옷장 안에 걸려 있는 옷 중에 혹한의 겨울 날씨를 견뎌낼 수 있는 건 아버지의 오래된 싸구려 코트뿐이었다. 순간 스키장의 눈을 치우면서 스키를 즐기러 온 또래들이 부러워서 아버지를 원망한 게 몹시 부끄러웠다. 자신을 돌보지 않고 한평생 일만 하면서도 가족에게 더 많은 걸 주지 못해 미안해하는 아버지.

고 3 수험생 딸은 밤늦게까지 공부하다가 거실로 나왔다. 엄마가 TV를 켜 놓은 채 소파에 웅크리고 앉아서 졸고 있다. 밤늦은 시간까지 공부하는 딸 때문에 마음 편히 잠들 수 없고 TV 소리가 방해

될까 봐 볼륨을 줄이고 눈으로만 TV를 보는 엄마. 그 엄마를 무식하다고 툭하면 타박을 놓고 꼬불꼬불 파마머리를 하고 다니는 엄마가 촌스러워 부끄러워한 적도 있다. 파마 값을 아끼려고 멋과는 상관없이 늘 라면 머리를 하고 다니는 엄마. 갑자기 가슴이 뭉클했다. 엄마의 헌신은 당연하다고 생각했다. 바람 부는 들판에 홀로 서 있는 맨살의 겨울나무처럼 엄마란 그렇게 안쓰러운 이름이다.

잔칫집에 가면 예쁜 앞치마를 두르고 살랑살랑 음식을 나르며 "많이 드세요" 하는 사람이 인기를 끌고 수고한다는 소리를 가장 많이 듣는다. 그러나 푸짐한 음식상은 묵묵히 부엌에서 기름때 묻은 그릇을 설거지하고 땀을 흘리며 쉬지 않고 전을 부치는 수고의 손길이 만들어 낸 것이다. 하지만 우리는 앞에 나서서 생색내는 사람을 기억한다.

한 회사가 잘되는 건 성실하고 책임감 있는 직원 덕분이고 우리가 안전하게 거리를 활보할 수 있는 건 시민의 편리함을 위해서 늦은 저녁 이른 새벽을 골라 일하는 환경미화원 덕분이고, 이 사회가 멈추지 않는 시계처럼 잘 돌아가는 건 내가 해야 할 일을 대신 하고 있는 수많은 자원봉사자 덕분이다. 세상에 당연한 건 없다. 당연하게 생각하고 편하게 누리고 있다면 누구 덕인가를 한 번쯤 생각해 봐야 하지 않을까.

올 한 해는 묵묵히 자신의 맡은 소임을 다 해내고 있는 사람, 소리 없이 궂은일을 하는 사람, 관심 밖에 소외된 사람 그런 사람들이 더 많이 행복했으면 좋겠다. 그래야 우리 사회가 건강해지고 그 안에 일원인 우리가 행복해질 수 있다. 그러려면 더 많이 가진 사람, 더 많이 누리는 사람이 베풀고 먼저 손 내밀고 고개 숙이고 겸손해야만 된다. 행복은 누구에게나 공평하게 골고루 찾아오는 아침 햇살 같아야만 더욱 빛난다.

행복은 누구에게나 공평하게
골고루 찾아오는

아침 햇살 같아야만 더욱 빛난다.

59

HAPPY HERE NOW

나에게는 내가 있다

우리가 행복감을 느끼지 못하는 건 까치발과 외로움 때문이다. 현재에 만족하지 못하고 '좀 더, 좀 더' 하며 더 많은 소유에 대한 갈망 그리고 혼자 있을 때 쓸쓸함. 특히 외로움은 참으로 난감한 감정이다. 건강한 정신을 부식시킨다. 살면서 너무 힘들 때 단 한 사람이라도 진정으로 나를 사랑하고 위로와 격려를 해 주는 사람이 있으면 하는 바람으로 주위를 둘러보게 된다. 하지만 그 한 사람을 쉽게 만날 수가 없다. 그래서 더욱 외롭다.

시인 정호승은 '수선화에게'라는 시에서 '울지 마라. 외로우니까 사람이다. 살아간다는 것은 외로움을 견디는 일이다'라고 했다. 이해인 수녀는 '아, 삶이란 때론 이렇게 외롭구나'라는 시에서 '갑자기 허무해지고 아무 말도 할 수 없고 가슴이 터질 것만 같고 눈물이 쏟아지는데 누군가를 만나고 싶은데 만날 사람이 없다'라고 했다.

단 한 사람이 곁에 없어서 묵묵히 견디어 내야 하고 눈물을 흘려야 한다. 그런데 그 한 사람이 아주 가까이 있다면? 상처 받을까 봐 조바심치지 않아도 되고 배신 당할까 봐 긴장하지 않아도 되고 언제나 내가 원하면 만날 수 있고 아무 말이나 해도 '아차' 하는 후회가 생기지 않는 확실한 내 편, 바로 나. 나에게는 내가 있다.

바람 부는 황량한 거리에서 내 앞에 놓인 삶이 도저히 싸워서 이길 수 없는 적 같이 느껴져 두려움에 떨 때 내가 나를 두 팔 벌려 꼭 안아주며 "괜찮아. 잘될 거야" 따뜻한 위로의 말을 건네면 신기하게도 어디선가 길을 잃은 자신감이 찾아온다. 나는 참으로 소중한 존재다. 그런데 대부분의 사람은 다른 사람은 잘 대접하려고 하면서 나에게는 소홀하다. 나를 잘 대접하는 일은 행복의 첫걸음이다.

매섭게 추운 겨울을 잘 견디어 낸 나를 위해 향긋한 냉이 된장국과 새콤달콤한 달래 무침으로 화사한 봄을 선사한다. "이번 겨울은 유독 춥고 힘들었지? 잘 이겨냈어. 앞으로도 잘 부탁해" 이렇게 토닥토닥 나 자신을 위로하면 세상이 아주 크고 달콤한 사탕처럼 보일지도 모른다. 이른 아침 오래 되어서 볼품없는 구두지만 반짝반짝 윤기 나게 닦으며 "오늘 파이팅 하자" 힘차게 나를 격려한다면 힘든 일터가 아닌 신나는 놀이동산으로 출근하는 기분이 들지도 모른다.

스페인의 철학자 발타자르 그라시안은 '그대의 가장 좋은 친구는 바로 자기 자신이다'라고 했다. 우리는 일반적으로 내 외로움과 어려움을 다른 사람을 통해서 해결하려고 한다. 그래서 삶이 더욱 고단한지도 모른다. 믿을 수 없는 타인을 통해서 내 중요한 문제를 해결하고 의지하려고 하니까 상처를 받는다.

가장 안전하고 확실한 방법은 나 자신을 가장 좋은 친구로 생각하고 믿고 의지하는 것이다. 비록 오늘 일이 뜻대로 풀리지 않아 남루한 시간을 보낼지라도 내가 무슨 이야기든 마음 편하게 쏟아낼 수 있고 언제나 힘이 되어 주는 든든한 친구, 나에게는 내가 있다. 무엇이 두려우랴.

60

HAPPY HERE NOW

카페인 우울증

커피와 전혀 상관없는 '카페인 우울증'이라는 말이 있다. 여기서 카페인이란 '카카오톡, 페이스북, 인스타그램'의 앞 자를 따서 만든 신조어다. 카페인 우울증을 'SNS 우울증'이라고도 한다. 우리는 소셜네트워크서비스(SNS)에서 새로운 친구를 만난다. 친구가 되는 순간, 상대방의 생활을 볼 수 있게 된다. 해외여행 간 이야기, 분위기 좋은 맛집에서 식사한 이야기, 새로 구입한 명품 가방과 비싼 옷… 나는 할 수 없는 것을 상대방은 평범한 일상으로 즐기고 있다. 갑자기 내 처지가 비관적으로 다가오고 삶의 의욕이 떨어진다. 그래서 우울하다. 바로 카페인 우울증이다. 실제로 2014년 오스트리아에 위치하고 있는 인스브루크 대학교에서 연구한 결과, 페이스북을 오래 사용할수록 우울감을 쉽게 느끼고 자존감도 떨어진다고 한다.

항상 얼굴에 환한 미소를 띠고 다니는 주부가 있다. 비록 반지하

작은 집에 세 들어 살지만 행복하다. 남편은 착실하게 직장에 잘 다니고 아이들은 건강하고 착하다. 앞으로 적금 두 번만 들면 햇볕이 잘 드는 2층으로 집을 옮길 계획도 갖고 있다. 어느 날 우연히 여고 동창생을 길에서 만났다. 반가운 마음에 여고 동창생이 이끄는 대로 그녀의 집을 방문했다. 외국잡지에서나 봄직한 멋진 집이었다. 남편은 꽤 큰 사업을 한다고 하고 아들은 1등만 한단다. 집에 돌아온 주부는 자꾸 한숨이 났다. 집은 초라하고 남편은 무능해 보이고 공부를 못하는 아이한테는 화가 났다. 행복한 어제와 달라진 건 아무것도 없는데 갑자기 사는 게 싫어졌다. 바로 비교 대상이 생겼기 때문이다. 이렇듯 상대적 박탈감은 남과 비교할 때 생기는 부정적인 감정이다. 행복을 방해하는 가장 큰 적은 바로 남과 비교하는 것이다. 행복은 내가 얼마나 많이 가졌는가 하는 소유의 크기가 아니라 내가 가지고 있는 것에 얼마나 만족하느냐 하는 느낌의 문제다.

남과 비교하는 게 습관이 되면 만족감을 느끼기도 어렵겠지만, 잠깐 본 상대방의 모습을 행복의 잣대로 삼아서 부러워하거나 자신의 처지를 비관한다는 건 어리석은 일이다. 눈에 보이는 게 전부가 아니기 때문이다. 마찬가지로 SNS에 실제로 올라오는 글을 보면 대부분 화려하고 행복한 일상이 멋진 그림처럼 펼쳐져 있다.

다른 사람보다 더 누리고 우월한 삶을 살아가고 있다는 자기과시가 보이기도 한다. 그것으로 내 힘든 처지를 안타까워하며 우울해

할 필요는 없다. 그 화려한 날이 그들의 일상이 아니듯 내게도 매번 힘든 날만 있는 건 아니니까. 이렇듯 남의 삶을 제대로 모르면서 극히 일부만 보고 비교한다는 건 내게 오는 행복을 열심히 밀어내는 짓이다. 차라리 어제의 나와 오늘의 나를 비교해 보자. 얼마나 발전이 있나. 그리고 내일의 나를 기대해 보자. 얼마나 더 발전할 것인가. 누군가와 비교할수록 행복은 멀어진다.

61

HAPPY HERE NOW

105만 원

오래된 선후배 모임이 있다. 지난달 초 가장 연장자이신 김 선배님이 모두 초대해서 함께 식사를 했다. 선배님은 병중에 계신데 환한 모습을 보여줘서 후배들 모두 안심하며 즐거운 시간을 보냈다. 모임이 끝날 무렵 선배님은 9명 모두에게 흰 봉투 하나를 주셨다. 울퉁불퉁한 인생길 좋은 벗이 되어줘서 고맙다며 맛난 것 사 먹으라고 용돈이란 이름으로 받은 봉투 안에는 100만 원짜리 수표 한 장이 들어 있었다. 우리가 놀란 표정으로 선배님을 바라보니까 선배님은 아무 말 말라는 듯 손가락을 입에 대고 고개를 끄덕이셨다. 선배님은 열흘 후에 돌아가셨다. 장례를 치르고 며칠 후 우리는 다시 모였다. 모두 약속이나 한 듯 선배님께 받은 흰 봉투를 꺼냈다. 모두 선배님께 받은 그대로 보관하고 있었다. 도저히 허투루 쓸 수 없는 가슴 벅찬 돈이다. 날씨와 같은 우리네 인생, 햇빛 화사한 날은 함께 기뻐하고 비바람 치는 날은 큰 우산이 되어 주신 선배님, 우리가 드려야 될 용돈이었다. 우리는 평소 선배님이 후원하는 곳에 선배님 이름으로 기부했다.

어느 날 좋은 영화가 있다며 만남을 청한 정 선배가 봉투 하나를 내밀었다. 살아온 날보다 살아갈 날이 훨씬 적은 걸 깨달은 날 가슴이 서늘해져서 부랴부랴 버킷리스트를 만들었다고 한다. 그중 하나가 살아오면서 신세 진 사람들에게 한 사람씩 돌아가며 매달 5만 원씩 용돈 주는 일이고 내가 세 번째란다. 순간 가슴이 먹먹해졌다. 정 선배는 한 푼이 아쉬운 어려운 형편이었다. 젊은 날 한 문학 모임에서 만난 정 선배는 결혼이 화두로 떠오른 어느 날 자신은 방이 없어서 결혼했다고 심정을 밝혔다. 큰오빠네 얹혀사는데 조카와 같이 방을 쓰는 상황에 눈치가 보여서 빨리 결혼했다고 했다. 모두 사랑이 아닌 낯선 이유의 결혼에 놀란 표정을 지으니까 정 선배는 농담이라며 웃었다. 하지만 정 선배와 오랜 우정을 쌓는 동안 그 농담이 농담만은 아니라는 걸 알았다. 가난이 참 지긋지긋하게도 달라붙어서 이제는 떼어 놓을 생각보다는 함께 잘 지내려고 한다며 미소 짓던 정 선배, 자신의 인생에 별 유감없어 보이고 여전히 씩씩하지만 여전히 가난한 선배가 준 용돈 5만 원, 콧등이 찡했다. 이 돈 역시 함부로 쓸 수 없어서 며칠 갖고 다니다 돈을 더 보태서 제철이 아니지만 겨울 코트를 사서 선물했다.

선배님 두 분이 주신 105만 원. 물질이든 마음이든 조건 없이 나눠 주면 모두 행복해진다. 받은 사람은 또 다른 사람에게 나눠 주게 되고 행복한 릴레이가 자연스럽게 계속된다. 수해로 무너진 돌담 옆에서 비에 젖은 가구를 말리는 노인에게 방송기자가 묻는다.

"힘드시지요?" 그러나 돌아온 대답은 의외다.

"하나도 안 힘들어. 도와주는 사람이 많아."

우리는 인생을 거창하게 말하는 버릇이 있지만 의외로 단순한 건지도 모른다. 도와주고 도움을 받고 그렇게 함께 어울려 사는 것.

우리는 인생을
거창하게 말하는 버릇이 있지만
의외로 단순한 건지도 모른다.
도와주고 도움을 받고
그렇게 함께 어울려 사는 것.

62

HAPPY HERE NOW

사람의 마음을 얻기 위해서는

요즘은 TV를 통해 보기 어렵지만, 한때 '오 박사네 사람들'을 선두로 시트콤(situation comedy)의 전성시대가 있었다. 시트콤은 웃음 포인트가 있는 장면에서는 방청객의 웃음소리가 하나의 음향효과로 작용해 시청자의 웃음을 이끈다. 비단 시트콤뿐만 아니라 '아침마당' 같은 토크 프로에도 방청객이 있다. 그들은 감탄, 웃음, 안타까움 등 다양한 표정으로 분위기를 이끌어 간다. 방청객은 주로 40대 주부들이다. 대부분 프로그램의 조연출이 여기저기 지인을 통해 알게 된 사람들을 한 명 한 명 전화해서 섭외한다. 리액션이 적극적이고 다양한 사람은 계속 출연하게 되지만 방청석에 앉아서 하품을 하거나 무반응을 보이는 사람은 다시 부르지 않는다. 출연료도 괜찮고 무엇보다 방송 출연이라는 색다른 경험을 할 수 있어서 인기 있는 아르바이트이지만 거기서도 성의 없는 사람은 바로 잘린다.

방청객 중 탑을 달리는 사람이 있다. 평범한 주부 A다. 정확한 포인트에 맞춰 열렬하게 반응하고 집중한다.

매번 방청석에 앉을 사람들을 모집하는 게 쉽지 않은 조연출은 성의 있는 사람 A에게 방청객을 모아달라고 부탁한다. 주변에 또래 친구들이 많은 A에게는 그리 어렵지 않은 일이다. 방송국에 A의 이름이 알려지면서 다양한 프로그램에서 방청객을 구해달라는 요청이 들어온다. A는 방청객뿐만 아니라 드라마 엑스트라까지 구해주다가 결국 방송 출연자 관련 회사를 차리고 사장이 된다. 똑같은 출발이다. 그런데 누구는 사장이 되고 누구는 단 한 번으로 끝이다. 바로 성의 문제다.

코로나19로 인해 만남이 자제되면서 카톡이 활발해졌다. 카톡에서도 상대방을 기분 좋게 하는 사람은 성의 있는 사람이다. 꼭 댓글을 달고 원글에 맞는 다양한 이모티콘도 보내주고 때때로 하트도 날린다. 반면 카톡을 보기만 하고 절대 댓글을 달지 않는 사람도 있다. 더 나쁜 건 단체 카톡방에서 대체로 무심하다가 유독 특정인한테만 댓글을 달면서 반응하는 사람이 있다. 여행 중에 한 방에서 자면 미처 발견하지 못한 상대방의 장단점을 확연히 알 수 있다는 말이 있지만, 요즘은 카톡방에서 상대방을 제대로 알 수 있다. 성의 있는 사람은 상대방을 즐겁게 할 뿐 아니라 대접받는다는 기분을 느끼게 한다. 상대방의 그런 느낌은 나 자신한테 다시 돌아온다. 성의 있는 사람한테 성의 있게 대하는 건 당연한 일이다. 전화할 때마

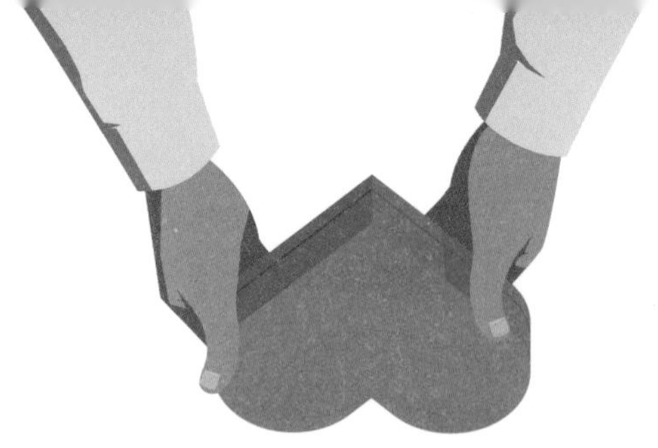

다 목소리 톤이 높아지면서 밝게 받는 사람한테는 호감이 느껴진다. 반면 건조하고 딱딱하게 받는 사람한테는 다시 전화하고 싶지 않다. 모임에서 만난 사람이 다음번 모임에서 바로 이름을 부르면 고맙고 반갑다. 그런데 몇 번을 만나도 이름을 기억하지 못하고 더듬거리는 사람이 있다. 머리가 좋고 나쁘고를 떠나서 성의의 문제다. 성의 있는 사람은 뭐든지 잘 기억한다.

세상에서 가장 어려운 일은 사람이 사람의 마음을 얻는 일이다. 그런데 성의 있는 사람은 그게 좀 더 수월할지 모른다. 바람 같은 사람의 마음도 성의 앞에서는 쉽게 날아가지 않는다. 황량한 벌판에 서 있는 것처럼 쓸쓸하고 막막한 때일수록 성의 있는 사람은 정말 소중하고 필요하다.

63

HAPPY HERE NOW

내 나이가 어때서

동네 친구 영이 씨가 요즘 인기 있는 의료기기 무료 체험관을 차렸다. 판매를 위한 일종의 홍보관이다. 그곳은 늘 노인들로 북적거린다. 그분들에게는 무료로 마음껏 의료기기를 사용할 수 있고 신나는 음악과 함께 춤도 배울 수 있다. 무엇보다 대화를 나눌 수 있는 또래의 친구들이 있어서 더할 나위 없이 즐거운 장소다. 물론 체험관을 찾는 노인 고객이 많다고 해서 판매가 잘 되는 건 아니다. 그런데도 영이 씨는 그분들 대접이 극진하다. 달달한 간식거리도 떨어트리지 않고 늘 따뜻한 차도 준비되어 있다. 누군가가 손해 보는 장사 아니냐고 걱정하면 영이 씨는 한결같은 대답을 한다.

"내가 불효자라서 이거라도 해야 될 것 같아."

자식은 돌아가신 부모님께는 누구나 불효자다. 그걸 부모님 살아계실 때 알았으면 얼마나 좋을까? 늘 늦게 깨닫는 우리네 인생. 그래서 아프다. 노인 인구가 증가하면서 실버산업도 발전하고 있다. 그중에 특히 노인을 위한 TV 프로그램이 많아졌다. 외로운 노인의 민낯을 적나라하게 보여준 한 드라마가 있다. 작은 아파트에서 혼자 사는 할머니는 매일 필요하지도 않는 물건을 주문한다. 그 이유는 딱 하나. 택배기사가 '딩동' 하고 초인종을 눌러 주는 게 너무 좋아서다. 아무도 찾아오지 않는 길고 긴 하루의 시간 속에 '딩동'이 들어가면서부터 기대감이 생기고 즐거워진다. 그러나 그 순간은 너무 짧다. 그래서 할머니는 가전제품을 일부러 망가트리기 시작한다.

A/S 기사가 집 안으로 들어와서 가전제품을 고치는 동안, 할머니는 정성껏 식사를 준비한다. 향긋한 냉이 된장찌개를 끓이고 굴비도 한 마리 노릇노릇 굽는다. 누구를 위해서 식사 준비를 하는 게 얼마 만인가? 신이 나서 공연히 어깨가 들썩거린다. 그러나 대부분의 기사는 다음 일정을 내세워 감사하다는 인사만 던지고 그냥 훌쩍 나간다. 할머니는 식사가 부담을 준다는 걸 알아챘다. 그다음부터는 차를 준비한다. 국화차, 모과차, 오미자차, 다양한 차를 만들다

가 문득 손을 멈춘다. 모두 남편과 자식들이 좋아하는 차다. 동그랗게 모여 앉아서 차를 마시며 웃고 떠들던 그 시간이 목이 타게 그립다. 남편은 저세상 사람이고 결혼한 자식들은 뭐가 그리 바쁜지 얼굴을 잘 보여주지 않는다. 역시 식사보다는 차를 준비한 게 잘한 것 같다. A/S 기사들이 고맙게도 차는 마셔준다. 할머니는 기사가 차를 마시는 짧은 시간 동안 마주 앉아서 말을 한다. 일이 힘들지 않은지, 오늘 미세먼지가 있는지 사람을 마주 보고 말을 할 수 있어서 참 좋다.

할머니는 오늘도 가전제품을 망가트린다. 그런 내용이다. '웃프다'라는 표현이 절로 나오는 드라마다. 하지만 점점 나이와 상관없이 자식에게 의존하지 않고 자기만의 삶을 새롭게 사는 노인이 늘고 있다. 70세가 넘어서 젊은 날 꿈인 패션모델이 되고, 시인이 되고, 시나리오 작법을 배우기도 한다. 자신의 꿈을 향해서 청년처럼 달리는 멋진 노인들이 있어서 우리 사회는 점점 건강해진다.

64

HAPPY HERE NOW

바라보다

안데르센 동화 『성냥팔이 소녀』는 추위와 허기에 지친 성냥팔이 소녀가 팔다 남은 성냥을 하나하나 켜면서 잠시나마 그 열기로 추위를 녹이다가 결국 쓰러져 사랑하는 할머니가 있는 하늘나라의 천사가 된다는 이야기다. 허기지고 지친 눈빛, 검붉게 얼어 있는 맨발, 머리 위에 소복이 쌓인 하얀 눈 등 매서운 겨울바람에 그대로 방치되어 있는 소녀를 지나가는 사람들 중에 단 한 사람이라도 바라보았다면 틀림없이 손을 내밀었을 것이다.

영화 〈코다〉에서 청각장애인인 가족은 유일하게 들을 수도 있고 말할 수도 있는 딸 루비가 자신의 꿈을 위해서 오디션에 참가하려는 걸 막는다. 루비가 없으면 세상과 소통할 수 없기 때문이다. 그런데 어느 날 아버지는 딸에게 노래를 불러 보라고 한다. 루비는 아버지의 손을 꼭 잡고 큰 소리로 노래를 부른다. 아무것도 들을 수 없는 아버지는 그저 딸의 얼굴을 바라본다. 비로소 아버지는 딸의 간절한 소망을 알아챈다. 노래는 들을 수 없지만 바라보는 것만으로 충분했던 것이다. 그 후 가족은 루비의 꿈을 적극 응원한다.

인물묘사로 잘 알려진 프랑스의 인상주의 화가 '프레데릭 바지유'는 부유한 집안의 아들로 의대생이다. 그는 모네, 르누아르와 함께 화실을 다니며 우정을 쌓는다. 어느 날 모네가 프레데릭 바지유의 아틀리에로 놀러 온다. 아무 말 없이 차를 마시는 모네를 물끄러미 바라보던 그는 그날 당장 모네에게 자신의 아틀리에를 내어주고 물감도 쓸 수 있게 해준다. 그 당시 인정받지 못하고 힘든 예술의 길을 걷는 친구의 고단함을 알아챈 것이다. 뿐만 아니라 그는 모네가 그린 '정원의 여인들'을 할부로 매달 50프랑씩 내고 구매하여 모네가 생활고에 시달리지 않게 도와준다. 프레데릭 바자유는 매달 그림 값 50프랑을 건넬 때마다 "이 훌륭한 그림에 이 돈밖에 못 주어서 미안하네"라며 모네가 자긍심을 느낄 수 있게 눈부신 찬사도 함께 전달한다. 이렇게 위대한 화가 모네의 탄생에 그의 우정도 일조한다.

'바라보다'는 '사랑한다'의 출발점이기도 하다. 바라보면 저절로 알게 된다. 상대방이 말을 하지 않아도 지금 기분 상태가 어떤지, 무엇을 원하는지, 걷고 싶은지, 뛰고 싶은지, 주저앉고 싶은지 그냥 알게 된다. 우리는 누군가가 나를 바라봐 주기를 원한다. 외롭고 힘들고 지친 날일수록 그 마음은 더욱 간절하다. 결코 많은 사람이 필요치 않다. 단 한 사람이라도 괜찮다. 그런데 그 한 사람이 없어서 화가 나기도 하고 세상 살고 싶지 않은 마음이 들기도 한다. "왜 내 주위에 그런 사람이 단 한 명도 없는 거야?" 소리 지르며 울고 싶기도 하다. 그런데 내가 그 한 사람이 먼저 되어 줄 수는 없는 걸까? 누군가를 바라봐 주는 그 한 사람이 내가 되어 준다면 어쩌면 내가 원하는 나를 바라봐 주는 그 한 사람도 나타날지 모른다. 세상 이치는 그렇게 단순하다.

바라보다

우리는 누군가가
나를 바라봐 주기를 원한다.

결코 많은 사람이 필요치 않다.
단 한 사람이라도 괜찮다.

65

HAPPY HERE NOW

세 가지 조건

독일의 철학자 칸트는 다음 세 가지 조건을 갖춘 사람을 행복한 사람이라고 했다. 첫째, 할 일이 있고, 둘째, 사랑하는 사람이 있고, 셋째, 희망이 있는 사람, 즉 지금 할 일이 있고 사랑하는 사람이 곁에 있으며 미래에 대한 소망이 있다면 행복한 사람이다. 여기서 가장 중요한 건 희망이다. 우리는 할 일이나 사랑하는 사람은 쉽게 포기하지 않는다. 눈에 보이는 확실한 대상이기 때문이다. 그러나 희망은 개인의 의지이기 때문에 지치고 힘들어 나약해지면 어느 순간 희망의 끈을 놓아버린다. "아무리 노력해도 안 돼. 난 어쩔 수 없나 봐"라는 자조적인 탄식을 하면서. 그 순간 행복도 달아나버린다. 사는 게 힘들수록 희망을 포기해서는 안 된다. 희망은 절망의 끝에 서 있는 사람에게 가장 필요하기 때문이다.

우리나라에 여러 번 방문해 친근감 있는 영국의 오페라 가수 폴

포츠는 노래만큼이나 희망의 메신저로도 유명하다. 그는 작은 키, 못생긴 외모로 어린 시절 왕따였고, 교통사고와 질병으로 출구 없는 방에 갇힌 듯 힘겹게 살았다. 거기다 소심한 성격과 가난은 늘 그를 따라다니며 괴롭혔다 그런 그가 단 한 번의 오디션에서 우승을 거머쥐며 인생역전의 기회를 맞이한다. 유명 오페라 가수가 된 그는 한 인터뷰에서 그 비결을 어떠한 순간에도 희망을 버리지 않았기 때문이라고 했다. 희망을 버리면 어떤 기회도 얻을 수 없다. 희망을 갖고 있을 때 삶은 비로소 축복이 된다.

지금은 유명 탤런트가 되어 있지만 그도 한때는 좌절감에 사로잡혀 비틀거린 적이 있다. 동기들이 승승장구하는 데 비해 자신은 단역도 얻기 어려웠다. 그래서 술과 원망으로 무기력한 나날을 보내고 있을 때 우연히 어머니의 장부 책을 보게 되었다. 시장에서 어묵장사를 하는 어머니는 빼곡하게 하루 매상을 적어 놓았다. 그의 눈길을 끈 건 숫자가 아니라 낡은 장부 책갈피에 끼워진 만 원짜리 지폐였다. 손때가 묻어 꼬질꼬질했지만 제법 두툼했다. 한눈에 봐도 꽤 오랫동안 모은 돈이었다. 그는 어머니께 무엇을 사기 위해서 돈을 모으고 있냐고 물었다. 어머니의 대답에 그는 정신이 번쩍 났다.

"우리 아들이 연기상을 받을 때 근사한 양복 한 벌 해주려고."

어려운 살림에도 어머니가 꿋꿋하게 버틸 수 있었던 건 희망이 있기 때문이었고 그 희망이 바로 자신이라는 걸 알게 되었다. 그는 마음을 다잡고 열심히 일했고 좋은 연기자가 되었다. 나 자신이 다른 사람의 희망이 되는 일은 가슴 벅찬 일이다.

지금 나는 누구의 희망일까? 부모님일 수도 있고 배우자일 수도 있고 친구일 수도 있다. 분명한 건 그만큼 나는 소중한 사람이라는 것이다. 비록 지금 남루한 현실에 처해 있다 해도 언젠가는 분명히 눈부시게 일어날 수 있다. 희망은 그렇게 좋은 것이다.

66

HAPPY HERE NOW

부자의 기준

명절날 모처럼 모인 일가친척 사이에 가장 많이 오가는 덕담은 "부자 되세요"일 것이다. 누구나 되고 싶은 부자. 과연 한국인이 생각하는 부자의 기준은 어떤가? 우리나라 성인 남녀 4111명을 대상으로 조사한 '부자'라고 생각하는 자산 기준은 39억 원에 달하는 것으로 나타났다. 단순 계산으로 연봉 5,000만 원 기준, 한 푼도 안 썼을 때 78년을 일해야 모을 수 있는 액수다. 어마어마한 숫자의 중압감에 눌려 숨이 막힐 지경이다. 그렇다면 중산층의 기준은 어떨까? 건강한 중산층의 벽이 두터워야 사회가 안전하고 국가가 강건하다. 각 나라에서 생각하는 중산층 기준이 다른 것이 매우 흥미롭다.

우리나라 중산층 기준(직장인 대상 설문결과)

1. 부채 없는 아파트 30평 이상 소유

2. 월 급여 500만 원 이상

3. 자동차는 2,000cc급 중형차 소유

4. 예금액 잔고 1억 원 이상 보유

5. 해외여행 1년에 한 차례 이상 다닐 것

프랑스의 중산층 기준(퐁피두 대통령이 '삶의 질'에서 정한 기준)

1. 외국어를 하나 정도는 할 수 있어야 함

2. 직접 즐기는 스포츠가 있어야 함

3. 다룰 줄 아는 악기가 있어야 함

4. 남들과는 다른 맛을 낼 수 있는 요리를 만들 수 있어야 함

5. '공분'에 의연히 참여할 것

6. 약자를 도우며 봉사활동을 꾸준히 할 것

영국의 중산층 기준(옥스포드대에서 제시한 중산층 기준)

1. 페어플레이를 할 것

2. 자신의 주장과 신념을 가질 것

3. 독선적으로 행동하지 말 것

4. 약자를 두둔하고 강자에 대응할 것

5. 불의, 불평, 불법에 의연히 대처할 것

미국의 중산층 기준(공립학교에서 가르치는 중산층의 기준)

1. 자신의 주장에 떳떳할 것

2. 사회적 약자를 도와야 함

3. 부정과 불법에 저항할 것

4. 테이블 위에 정기적으로 받아 보는 비평지가 놓여 있을 것

조선 시대의 중산층 기준도 얼마를 갖고 있는가 하는 소유의 양과 거리가 있어 보인다.

1. 두어 칸 집에, 두어 이랑 전답이 있고, 겨울 솜옷과 여름 베옷 각 두어 벌이 있을 것

2. 서적 한 시렁, 거문고 한 벌, 햇볕 쬘 마루 하나, 차 달일 화로 하나, 봄 경치 찾아다닐 나귀 한 마리가 있을 것

3. 의리를 지키고 도의를 어기지 않으며, 나라의 어려운 일에 바른말을 하고 살 것

우리나라와 달리 다른 나라는 돈 문제가 빠져 있다. 미국 심리학자 에드 디너는 '한국인들의 낮은 행복감은 지나친 물질주의 때문'이라고 했다. 물론 문화와 환경이 다르고 비교 기준도 모호하지만 시사하는 바는 크다. 대부분의 사람이 가진 목표는 행복하게 사는 것이다. 부자가 되고 싶은 열망도 그것이 행복으로 가는 지름길이

라고 생각하기 때문이다. 과연 돈이 많다고 행복이 보장될까? 돈으로 좋은 물건을 많이 사는 게 행복은 아니다. 좋은 집도 멋진 차도 시간이 지나면 평범함으로 바뀐다. 그래서 처음 감격이 사라질 때즈음이면 더 크고 좋은 것을 소유하고 싶어진다. 소유할수록 욕심이 커지고 행복은 곁을 떠난다. 매 순간 행복을 느끼며 사는 사람이 매 순간 돈을 버는 사람보다 더 부자다.

작은 일에도 행복을 느끼는 건 습관이니까 좋은 습관을 가지면 올 한 해 나는 최고의 부자로 살 수 있을지도 모른다.

소유할수록 욕심이 커지고
행복은 곁을 떠난다.
매 순간
행복을 느끼며 사는 사람이
매 순간
돈을 버는 사람보다 더 부자다.

67

HAPPY HERE NOW

졸음 쉼터

고속도로를 달리다 보면 일정 간격으로 눈에 띄는 표지판이 있다. '졸음 쉼터' 졸음운전을 예방하기 위해서 고속도로 중간에 설치한 쉼터다. 특히 졸음 쉼터를 적시에 이용할 수 있게 도로공사는 작년 5월 '휴식 마일리지' 제도를 도입했다. 화물차 운전사가 고속도로 휴게소나 졸음 쉼터에 설치된 QR코드로 휴식을 인증하면 마일리지를 적립해주고 마일리지에 따라 5,000원 상당 상품권이나 커피 교환권을 주는 제도다. 휴식 마일리지는 화물차 운전사가 휴식 부족으로 생기는 졸음 사고 등을 막기 위해 마련됐다. 우리의 몸은 지칠 때마다 끊임없이 신호를 보낸다.

'더 이상은 안 되겠어요. 제발 휴식시간을 가져요.'

그러나 우리는 그 간절한 신호를 무시하고 계속 달린다. 가야 할 길이 멀기에, 목표달성이 바로 눈앞에 있어서 등등 멈출 수 없는 다양한 이유가 있지만 본질은 욕심이다. '조금만 더, 이것만 다 하면 행복하게 쉴 수 있어' 하며 스스로에게 달콤한 휴식을 약속하며 지친 몸을 일으켜 세운다. 그러는 사이 몸은 병들어 간다.

오늘도 진료실 문을 열고 들어서는 김 선생의 표정은 밝고 화사하다. 정형외과 의사인 양 박사는 무릎 골괴사에 방아쇠 수지 오십견 등 참으로 다양한 병명을 갖고 치료받으러 오는 김 선생이 고통으로 찌든 얼굴이 아니라는 것만으로도 다행인데 거기다 행복해 보이기까지 한 게 늘 궁금했다. 양 박사는 그 비결을 물었고 김 선생은 '햇빛과 벤치'라고 대답했다. 하루에 30분 이상 햇빛에 온몸을 맡기고 벤치에 앉아 쉰다는 것이다. "아, 행복하다. 아, 감사하다" 열심히 중얼거리면서. 신기하게도 그렇게 말을 먼저 하면 마음이 따라서 움직여 준다는 것이다. 정말 행복해지고 감사하다는 것이다. 김 선생이 알려준 행복의 비결은 얼핏 단순해 보였지만 남들보다 더 많이 갖고 싶은 열망에 늘 달리는 중인 양 박사로서는 실행하기가 쉽지 않았다.

먼저 욕심을 버려야 시작할 수 있는 일이다. 고3 수험생 책상 앞에 흔히 붙어 있는 종이의 글은 '지금 이 시간에도 친구는 공부하고 있다'이다. 경쟁심리를 자극해서 책상 앞에 앉혀 놓을 수는 있겠지만 효과까지 장담할 수는 없다. 휴식은 몸과 마음에 생기를 돌게 하는 재충전의 시간이다. 휴식 없이는 발전도 기대하기 어렵다. 쉽게 지쳐서 결국 포기하게 만들기도 한다.

우리는 목표를 향해 늘 달리는 중이다. 대부분 뭔가 마련하기 위해 쉼 없이 달린다. 오직 목표만 바라본다. 과정은 생략되고 도달점으로만 평가한다. 그러나 행복을 느낄 수 있는 많은 요소는 과정에 있다. 최선을 다해서 노력하는 과정이 얼마나 우리의 삶을 빛내고 있나? 우리에게 가장 중요한 시간은 바로 지금이다. 목표를 달성한 먼 훗날이 아니다. 지금 행복하려면 잠시 걸음을 멈추고 주위를 둘러보아야 한다.

여유는 휴식에서 나온다. 열심히 일한 나 자신에게 최고의 선물은 휴식이다. 미국의 작가 데일 카네기는 '우리는 휴식이란 쓸데없는 시간 낭비가 아니라는 것을 알아야 한다'고 했다. 휴식은 곧 회복인 것이다. 짧은 시간의 휴식일지라도 회복시키는 힘은 상상 이상으로 큰 것이니 단 5분 동안이라도 휴식으로 피로를 풀어야 한다.

68

HAPPY HERE NOW

응원의 힘

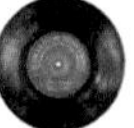

지금은 미니시리즈, 주말 연속극 등 호흡이 긴 드라마가 인기이지만 한때 단막드라마 전성시대가 있었다. 나는 KBS 단막극을 자주 썼는데 매주 내 대본이 하나씩 사라졌다. KBS 별관 경비실 옆에 나무 장식장이 놓여 있는데 칸마다 출연진의 이름이 쓰여 있고 담당 조연출이 그 안에 대본을 넣어두면 매니저들이 와서 대본을 가져갔다. 그런데 매번 대본 하나가 없어졌다. 누군가가 대본을 몰래 가져간다는 생각에 스텝들이 주의 깊게 살펴보았고 드디어 범인이 잡혔다. 맞은편 아파트에 사는 평범한 30대 주부였다. 연신 죄송하다는 말을 하며 허리를 굽혔다. 이유인즉슨 내 드라마를 너무 좋아해서 매주 빠짐없이 보는데 그것으로 만족할 수가 없어서 몰래 대본을 하나씩 가져가 읽어보고 모아 둔다는 것이다. 나는 진심으로 사죄하는 주부에게 매주 대본을 한 권씩 주기로 했다. 바로 옆이 경비실인데 얼마나 조마조마한 마음으로 대본을 빼냈을까? 분명 진땀이 나는 일일 것이다. 그만큼 내 작품을 좋아한다는 뜻이기도 했다. 순간 나는 부끄러웠다. 단막극을 쓸 때 나는 최선을 다했나? 언제나 미니시리즈를 흘금거리며 높은 시청률을 그리워했다. 그런데 이토록 열렬하게 내가 쓴 단막극을 좋아해 주는 시청자가 있었다니. 나는 고개가 숙여졌다. 젊은 날 회오리치는 미니시리즈로 시선을 잡고 인기 작가가 되고 싶었던 내 열망이 진지함으로 자리매김을 한 순간이었다. 순전히 한 사람의 진정한 팬 덕분이었다.

며칠 전 가수 김종서와 세븐이 출연하는 뮤지컬 한 편을 보았다. 내용도 좋았고 노래도 훌륭했지만 초반에는 마음이 편치 않았다. 한때 최고의 자리에 올랐던 두 가수의 무대치고는 그리 좋은 조건이 아니었다. 어찌 보면 두 가수의 명성에 비해 협소한 무대일 수도 있었다. 그러나 내 생각이 잘못된 것이라는 걸 깨닫는 데 그리 많은 시간이 필요치 않았다. 두 가수는 최선을 다해서 노래 부르고 춤추고 연기했고 관객은 열렬히 환호하며 박수를 치고 즐거워했다. 이들의 열정을 담는 데 그릇의 크기가 무엇이 중요하랴. 관객은 두 가

수가 어디서 노래하든 상관없이 뜨겁게 응원했을 것이다. 바로 그런 응원의 힘이 두 가수를 크고 멋진 무대에서 노래하는 것보다 더 신바람 나게 만들어 주었다.

오랜만에 좋은 뮤지컬을 보고 돌아오는 길은 바람도 달콤했다. 우리는 살면서 누군가를 응원하기도 하고 누군가의 응원을 받기도 한다. 야구장의 치어리더처럼 확연하게 드러나는 응원도 있지만 내가 미처 알지 못하는 응원도 있다. 인생은 날씨와 같아서 화사한 봄날만 있는 건 아니다. 폭풍우 치는, 천둥 번개 요란한, 소낙비 쏟아지는 그런 어두운 날이 있다. 하지만 우리는 놀라서 주저앉거나 지쳐 쓰러지지 않아도 된다. 그 순간에도 나를 응원하는 사람이 있기 때문이다. 내가 소리 없이 응원하는 사람이 있듯이. 늙은 어머니가 새벽마다 정화수를 떠놓고 간절한 마음으로 두 손 모아 객지에 나가 있는 자식들을 위해서 기도하듯이. 그런 응원이 반드시 내 곁에 있다.

69

HAPPY HERE NOW

우울증을 대하는 자세

카톡으로 예쁜 글이 날아왔다.

'겨울이 착한 건 꼭 봄을 데리고 오기 때문이에요.'

언 땅을 뚫고 나오는 연둣빛 새싹을 보며 희망을 이야기할 수 있는 봄은 따뜻한 계절이다. 그러나 불청객도 따라오기 쉽다. 바로 우울증이다. 겨우내 긴장된 몸과 마음이 사르르 녹으면서 무기력증이 오고 우울증으로 이어진다. 더구나 제한적이기는 하지만 코로나19 예방을 위해 쓴 마스크까지 벗게 되어 긴장감이 완화된 상태다. 그냥 지나가면 좋으련만 친구가 우울증의 덫에 걸렸다. 혼자 벗어나 보려고 애를 쓰다가 결국 병원을 찾았다. 흔히 우울증은 마음의 감기라고 한다. 의지로 이겨내기에는 한계가 있다. 뇌신경 전달물질의 불균형 상태 때문에 생긴 것이라 반드시 약물 치료가 필요하다.

친구는 진단 테스트를 받았는데 그나마 다행인 건 초기증상 단

계였다는 것이다. 의사로부터 약 처방과 함께 꼭 실행하라는 지침서도 받았다. 오전 시간 30분 햇볕 쬐기, 재래시장 가서 장보고 잔치국수 사 먹기, '불타는 트롯맨'과 '미스터 트롯 2' 시청하기. 햇볕을 쬐면 '행복 호르몬'인 세로토닌 수치가 올라가 우울증 해소에 도움이 된다. 사람들이 북적이는 활기찬 재래시장, 거기다 긴 나무의자에 앉아 낯선 사람들 사이에서 멸치 냄새 구수한 국수 한 그릇을 먹고 나면 어울려 사는 삶의 온기를 느껴 시린 가슴이 데워질 수 있다. 그런데 오디션 프로인 '불타는 트롯맨'과 '미스터 트롯 2'를 시청하는 게 어떻게 우울증 치료에 도움이 된다는 건가? 친구가 내민 의사 지침서를 보면서 고개가 갸웃거려졌다. 그런데 그 오디션 프로를 보면서 의사가 왜 TV 시청이라는 항목을 적어 넣었는지 이해가 됐다.

대부분 오랜 시간 무명 가수 생활을 한 젊은이들의 도전은 간절한 만큼 뜨거웠고, 어떤 어려움 속에서도 결코 포기하지 않았던 가슴속 꿈을 각자의 방식대로 끄집어내 보여주고 있었다. 거기다 경쟁자임에도 불구하고 서로 격려하고 응원하고 위로하면서 팽팽한 긴장감을 견뎌 내고 있었다. 가슴 뭉클한 나름의 서사도 있었다. 노래에 개인적인 사연이 덧입혀지니 눈물도 나고 웃음도 나고 감동도 생겼다.

'그래, 산다는 건 이런 거지. 꿈을 이루기 위해 노력하고, 새로운 도전에 가슴이 뜨거워지고, 비록 경쟁자일지라도 함께 어깨동무하

며 서로를 바라봐 주는 거지.'

'불타는 트롯맨'과 '미스터 트롯 2'를 보고 있노라면 출연자들의 열정과 절실함이 고스란히 느껴져 나태함으로 느슨해 있다가 찬물을 한 바가지 뒤집어쓴 것처럼 정신이 번쩍 난다. 우울증 치료에 눈부신 생동감은 분명 도움이 될 것이다. 친구는 꽃시장에 가서 작은 화분을 5개 사 왔다. 아직 활짝 꽃을 피운 화분은 없지만, 정성껏 돌봐주면 언젠가는 색색깔의 꽃으로 친구의 베란다는 화사한 봄을 맞을 것이다. 우리는 자주 친구에게 전화를 해서 수다를 떨 계획도 갖고 있다.

'그래, 산다는 건 이런 거지.
꿈을 이루기 위해 노력하고,
새로운 도전에 가슴이 뜨거워지고,
비록 경쟁자일지라도 함께 어깨동무하며
서로를 바라봐 주는 거지.'

70

HAPPY HERE NOW

제대로 잘 버리는 법

옷 정리를 하기로 마음먹고 옷을 꺼내놔도 옷을 제대로 버리기는 어렵다.

'이건 큰아이가 첫 월급을 타서 선물한 옷이고, 이건 몇 안 되는 고가의 옷이고, 이건 예쁘다는 소리를 가장 많이 들은 옷인데 살을 좀 더 빼서 입으면 될 것 같고, 이건 너무 말끔한 게 어제 산 새 옷 같고….'

이런저런 이유로 밖으로 빼낸 옷이 다시 장롱으로 들어간다. 매년 반복되는 한심한 일이기도 하다. 과감하고 단호하게 버릴 수는 없는 걸까. 누군가 꼭 필요한 사람한테 나눠 줄 수도 있고 정리정돈이 잘된 집 안의 쾌적함도 누릴 수 있는데 잘 안 된다. 한 친구는 옷 정리를 할 때 바로 옷을 버리는 게 아니라 일단 상자에 보관해서 창고에 갖다 놓는다. 필요할 때 언제든지 꺼내 입을 수 있다고 생각하니 옷을 쉽게 많이 골라낼 수 있다고 한다. 결국은 대부분 1년 지나 상자째 버리게 되지만 그 방법을 써야 그나마 옷을 버릴 수 있다고 한다.

유명한 일본의 정리수납 전문가인 곤도 마리에는 "설레지 않으면 버려라"라고 말한다. 옷을 정리하기 전에 먼저 모든 옷을 한 곳에 다 꺼내놓는다. 산처럼 쌓인 옷을 하나하나 집어보며 이 옷이 나를 설레게 하는지 생각을 해본다. 판단의 시간은 짧을수록 좋다. 길어지면 애착이 생긴다. 애착이 생기면 버릴 수 없다.

어디 옷뿐이랴. 우리에게는 버릴 게 너무 많다. 열정은 목표에 도달하게 하지만 욕심은 사람을 피폐하게 만든다. 양손에 잔뜩 들고서도 더, 더 하면서 까치발을 들면 결국 그 무게에 넘어지게 된다. 기대는 설렘을 주지만 지나치면 서운함을 갖게 한다. 특히 결혼한 자식에 대한 기대는 작을수록 자유로워진다. '집에 잘 오지도 않고 전화도 없어' 자식에 대한 불만을 토로하다가 결국은 '지들 잘 살면 되는 거지' 스스로 속 끓지 않는 선에서 타협하게 된다. 결혼한 자식에게는 먼저 돌봐야 될 가족이 있다. 그걸 인정하고 기대를 낮추면 모두가 편해진다.

소설 『오만과 편견』의 작가 제인 오스틴은 "편견은 내가 다른 사람을 사랑하지 못하게 하고, 오만은 다른 사람이 나를 사랑할 수 없게 만든다"라고 했다. 편견과 오만은 인간관계의 최대 적이다. 그리고 또 버려야 될 것에 '집착'이 있다. 자식에 대한 집착, 특히 자식의 성적에 대한 집착은 가족 모두를 살얼음판 위에서 사는 것처럼 불안하게 한다. 버려야 할 것을 제대로 버리면 그 빈자리를 행복이 찾아와 채워준다. 찾아온 행복이 자리가 없어서 다시 떠난다면 얼마나 안타까운 일인가.

어느새 올 한 해도 마지막 달로 접어들었다. 참으로 힘든 시간을 잘 이겨냈다. 앞으로 더 잘 견뎌내려면 자신을 점검하고, 마음의 정리를 하는 시간이 꼭 필요하다. 지금이 바로 그 시간이 아닌가 한다. 힘들수록 무거울수록 버려야 한다. 과연 내가 무엇을 버려야 행복해질 수 있을까?

71

HAPPY HERE NOW

소중한 것을 대하는 태도

선배의 집을 방문한 날은 희뿌연 미세먼지에 날씨조차 흐렸다. 그래서인지 선배는 평소보다 이른 시간에 전등불을 켰다. 그런데 선배의 초등학생 손자가 재빨리 스위치를 내려 불을 끄는 게 아닌가? 아직 저녁 시간이 안 되었다는 게 이유였다.

며칠 전 아파트 전체가 정전되는 바람에 1시간 남짓 암흑 속에 갇힌 적이 있었는데 그 이후부터 손자가 소중한 건 아껴야 된다며 집 안의 전등불을 끄고 다닌다는 것이었다. 손자의 단호함 때문에 촛불을 켜고 차를 마셔야겠다며 선배는 웃었다. 참 이상한 일이다. 우리는 가까이 있는 소중한 대상에 대해서는 늘 무심하고 그것을 잃었을 때 비로소 그 존재 가치를 깨닫는다.

집 근처 산책로 중간쯤에 아주 오래된 나무 벤치가 놓여 있었는데 나무가 부식돼서 어느 날 치워졌다. 벤치가 사라지고 난 다음부터 동네 사람들은 벤치 이야기를 하며 그리워했다. 산책로를 걷다가 숨이 차오르고 좀 쉬고 싶다 하며 두리번거릴 때 딱 알맞은 지점에 놓여 있던 벤치. 그러나 그동안 누구도 벤치를 고마워하거나 소중하게 생각한 적이 없다. 정말 소중한데 무심하게 지나치는 게 건강과 시간이다. 어느 날 덜컥 병에 걸려서야 비로소 건강의 소중함을 느낀다. 사실 그전에 우리의 몸은 끊임없이 신호를 보낸다.

"힘들어요. 제발 좀 쉬어요."

그러나 우리는 들은 척도 안 한다. 뭔가 마련하기 위해서 앞만 보고 달리는 중이라 쉽게 멈출 수가 없다. 내 몸의 아주 작은 신호라도 무시하면 안 된다. 시간 역시 늘 바닷물처럼 마르지 않고 넘치게 있다고 방심한다. 돈의 낭비는 철저히 경계하면서 시간은 쉽게 허비한다. 그러나 우리에게 주어진 시간은 끝이 있다. 제대로 잘 써야만 행복한 삶으로 마무리된다. 인간관계에서도 착오를 범한다. 내 곁에 있으면서 나를 소중하게 생각하는 사람한테는 대부분 무심하다. 반면 나를 싫어하는 사람이 있으면 어떡하든 그 사람이 나를 좋아하게 만들려고 애를 쓴다. 세상 사람이 다 나를 좋아할 필요는 없다. 물론 다 좋아할 수도 없다. 나를 소중하게 생각하는 사람을 나도 귀하게 대접해야 한다.

같이 사는 큰며느리보다 손님처럼 가끔 와서 용돈 봉투 내밀고 한두 시간 머물다 가는 작은며느리가 더 예쁘다. 큰며느리가 하는 건 당연하고 작은며느리가 어쩌다 하는 건 기특하기 때문이다. 이 세상에 당연한 건 없다. 잔칫집에 가면 손에 물 한 방울 안 묻히고 식사하는 손님들 사이를 누비며 "많이 드세요" 하며 앞에 나서는 사람도 있고 하루 종일 부엌에서 묵묵히 음식 만들며 설거지하는 사람도 있다. 그런데 칭찬은 앞에 나서는 사람이 받는다.

소중한 사람이 소중한 대접을 받아야 살맛 나는 세상이 된다. 어머니, 아버지는 누구보다 우리를 사랑하는 소중한 분들이다. 그러나 우리는 부모를 자주 잊는다. 전화 한 통화도 인색하다. 회사 상사나 새로 만난 연인은 노력해야 사랑을 얻을 수 있지만, 부모는 어떤 경우라도 우리를 사랑한다. 그게 그렇게 마음 턱 놓을 일인가? 늙은 부모의 내일은 기약할 수 없다. 소중한 대상을 소중하게 생각하고 정성을 다해야 안타까운 후회가 없다.

에필로그

이 책을 다 읽고 덮는 순간
나는 행복한 사람이 되어 있다.
더 중요한 건
내일도 모레도 살아 있는 매 순간
행복하게 살 수 있을 것 같다는 것이다.
그것이 내가 사랑하는 사람 앞에 이 책을 놔둬야 할 이유다.

'행복의 한쪽 문이 닫힐 때 다른 한쪽 문은 열린다
하지만 우리는 그 닫힌 문만 오래 바라보느라
우리에게 열린 문은 보지 못한다.'
_헬렌 켈러

행복은 어디에나 있고
행복의 문은 사방에 열려 있다.

행복은 어디에나 있고
행복의 문은 사방에 열려 있다.